KB191913

ALICE'S

ADVENTURES IN WONDERLAND.

BY

LEWIS CARROLL.

WITH FORTY-TWO ILLUSTRATIONS

BY

JOHN TENNIEL.

London

MACMILLAN AND CO.

1865.

* * *

황금빛 햇살이 눈부신 오후
우리는 한가롭게 물살을 가르네.
서툴지만 열심히
작은 팔들이 노를 저으며
작은 손들은 과시하느라 분주하네.
어디로 가야 할지 알려주느라고.
오, 잔인한 세 아이들아!
이처럼 몽롱한 날씨에
아주 작은 깃털조차 날려버릴 수 없을 만큼
숨이 차오는데
재미있는 이야기를 들려 달라 조르다니!
다만 힘없는 목소리 하나가 어찌
세 개의 혀를 대적할 수 있으리.

* * *

* * *

고집불통 첫째는 명령하듯 말하네.

"시작해요."

둘째는 한층 유순하게 부탁하지.

"재미있는 이야기로 들려주세요!"

셋째는 시도 때도 없이 이야기에 끼어드네.

그러다 갑자기 정적이 흐르고

아이들은 신비롭고 새로운 꿈나라를 거닐며

꿈속 아이를 쫓아다니고

새들과 동물들과 즐겁게 이야기를 나누네.

마치 이 세상이 사실인 듯 믿고 있는 것처럼.

* * *

* * *

그렇게 이야기가 끝나고
상상의 샘물이 말라버리면
힘없는 이야기꾼이 지친 목소리로 말하지.
"나머진 다음에."
하지만 행복에 겨운 비명이 아우성치네.
"지금이 다음이에요!"라고.
그렇게 이상한 나라의 이야기는
조금씩 천천히
신기한 사건들을 담아갔지.
이제 이야기가 끝나고
즐거운 뱃사공들은 노를 저어
지는 해를 맞으며 집으로 향한다네.

* * *

* * *

앨리스! 이 이야기를

고운 손에 담아

어린 시절의 꿈으로 가득 찬 기억 속에 놓아주렴.

먼 나라에서 꺾어 온

순례자들의 시든 화환을 놓듯이.

* * *

목차

*　*　*　*　*　*　*　*

*　*　*　*　*　*　*

*　*　*　*　*　*　*　*

제1장

토끼 굴 속으로

*

앨리스는 하릴없이 언니와 강둑에 앉아 있는 것이 점차 무료해졌다. 언니가 읽고 있는 책을 한두 번 흘끔거리기도 했지만 그림이나 대화문도 보이지 않아 '그림도 이야기도 안 나오는 뭐 저런 책이 다 있담?' 하고 속으로 투덜댔다.

굳이 자리를 털고 일어나 데이지를 꺾어 오는 수고를 하면서까지 꽃목걸이를 만드는 게 재미있을까 생각하는데(후덥지근해 너무 졸리고 멍했지만 최선을 다해서) 갑자기 눈이 빨간 흰 토끼 한 마리가 옆으로 쌩하고 지나갔다.

뭐 그리 놀랄 일은 아니었다. 토끼가 혼잣말을 하는 소리가 들리는 것도.

"어머, 세상에! 이럴 수가! 완전 늦었어!"

(나중에 다시 생각해보니 그런 일이 일어났다는 데 분명 놀라야 했지만 그때는 아주 자연스럽게 느껴졌다.) 하지만 토끼가 진짜로 조끼 주머니에서 시계를 꺼내 보고 서두르자 앨리스는 토끼가 조끼를 입은 것도, 시간을 확인하는 것도 한 번도 본 적이 없다는 생각이 퍼뜩 스쳤고 급 호기심이 생겨 얼른 자리에서 일어나 토끼를 뒤쫓기 시작했다. 토끼는 곧장 생울타리 아래에 있는 커다란 토끼 굴 속으로 사라졌다.

앨리스는 어떻게 다시 나올지는 전혀 생각하지 않고 토끼를 따라 굴로 들어갔다.

토끼 굴은 마치 터널처럼 곧게 이어지다가 갑자기 급경사가 져 앨리스는 멈출 겨를도 없이 곧장 깊은 우물 같은 곳으로 굴러 떨어졌다.

우물이 매우 깊던지 아니면 아주 천천히 떨어지고 있던지 앨리스는 주위를 살필 수 있었고 무슨 일이 벌어질까 궁금했다. 우선 아래를 내려다보며 뭐가 있는지 살폈지만 너무 어두워서 아무것도 보이지 않았다. 그래서 옆으로 눈을 돌리니 우물 벽이 책장으로 되어 있는 것이 아닌가. 이곳저곳에 못이 박혀 있고 지도와 사진이 걸려 있었다. 앨리스는 선반에 놓여 있는 유리병 하나를 집어 들었다. '오렌지 마멀레이드'라고 라벨이 붙어 있었지만 빈 병이라 크게 실망했다. 아래에 있을 누군가가 맞을지도 모른다고 생각하니 겁이 나서 병을 바닥으로 떨어뜨리지 않고 다른 선반 위에 올려두었다.

'그래!' 앨리스는 생각했다. '지금 이런 상황을 겪고 있으니 집 계단에서 구르는 것 따윈 걱정 안 해도 되겠는걸! 집에 가면 가족들이 날 얼마나 자랑스러워할까! 이제 난 옥상에서 떨어졌다고 해도 눈 하나 깜짝하지 않을 거야!' (그럴 가능성이 아주 크다.)

아래로 아래도 또 아래로. 끝이 있기나 한 걸까? "대체 몇 킬로미터나 내려온 거지?" 앨리스가 큰소리로 말했다. "분명 지구 핵 근처 어딘가에 있을 거야. 가만 보자, 그게 대략 6400킬로미터 아래지 아마—."(앨리스는 수업 시간에 이런 것들을 배웠다. 지금이 아는 걸 자랑하기에 아주 좋은 때는 아니지만 주위에 듣는 사람이 없으니 배운 걸 복습해볼 절호의 기회인 것 같았다.)

"—그래, 대강 맞을 거야. 그런데 위도와 경도는 어느 정돈지 궁금하네?" (앨리스는 위도나 경도가 뭔지 전혀 감이 없었지만 그런 말을 하는 게 근사하다고 생각했다.)

그녀는 곧바로 말을 이었다.

"지구를 관통해서 떨어지고 있는 건가! 머리로 걷는 사람들 틈으로 내가 쏙 튀어나오면 얼마나 웃길까! 거기가 대추점♦이지 아마." (자신도 그 단어가 틀렸다는 걸 알아서 이번에는 듣는 사람이 없는 게 다행이라고 생각했다.)

"하지만 사람들에게 여기가 어딘지 물어봐야 할 거야. 죄송한데요, 아주머니. 여기가 뉴질랜드인가요 아님 호주인가

♦ 지구 반대쪽에 있는 지점 '대척점'을 뜻한다.

요?" (앨리스는 그 말을 하면서 우아하게 무릎을 구부리고 인사하는 시늉을 했다. 하늘에서 떨어지고 있는 와중에 아주 우아하게! 그게 가당키나 한가?)

"뭐 이런 무식한 질문을 하는 애가 다 있냐고 생각하겠지! 안 돼. 절대 묻지 말아야 해. 아마도 어딘가에 그 나라 이름이 적혀 있겠지."

아래로, 아래로, 또 아래로. 달리 할 일이 없어서 앨리스는 또 말을 지껄였다.

"다이너가 날 아주 보고 싶어 할 거란 생각을 미처 못 했네!" (다이너는 고양이다.)

"식구들이 티타임에 다이너의 그릇에 우유를 채워주는 걸 잊지 말아야 할 텐데. 다이너, 우리 아기! 너도 여기 같이 있으면 좋으련만! 안타깝게도 공중에는 쥐가 없지만 쥐랑 비슷한 박쥐를 잡을 수 있어. 그런데 고양이가 박쥐를 먹나?"

그러다 앨리스는 잠이 몰려왔고 잠꼬대를 하듯 혼잣말을 이었다.

"고양이가 박쥐를 먹나? 고양이가 박쥐를 먹어?"

또 가끔은 이랬다.

"박쥐가 고양이를 먹나?"

알다시피 앨리스는 두 질문에 다 대답을 할 수 없으니 주체가 헷갈려도 상관없었다. 그녀는 졸고 있다고 느꼈고 이내 다이너와 손을 잡고 걷는 꿈을 꾸면서 진지하게 고양이에게 물었다.

"자, 다이너. 솔직히 말해줘. 박쥐를 잡아먹은 적이 있어?"

그때 갑자기 쿵! 쾅! 하고 앨리스는 장작과 마른 잎사귀 더미 위로 떨어졌고 마침내 바닥에 닿았다.

앨리스는 털끝만큼도 다치지 않아서 곧장 두 발로 일어섰다. 그리고 고개를 들어 위를 쳐다보았지만 깜깜하기만 할 뿐 아무것도 보이지 않았다. 앞쪽으로 기다란 통로가 보였고 흰 토끼가 여전히 서둘러 가고 있는 모습이 눈에 들어왔다. 놓쳐서는 안 되기에 앨리스는 바람처럼 따라붙었고 토끼가 모퉁이를 돌면서 하는 말이 들렸다.

"내 귀랑 콧수염이 엉망이 됐잖아. 늦어서 시간이 없는데!"

앨리스는 토끼 뒤로 바짝 다가가 모퉁이를 돌았지만 토끼의 모습은 보이지 않았다. 그러고 나니 낮은 천장에 일렬로 램프가 매달려 있는 긴 복도에 들어왔다는 것을 알게 되었다.

복도 전체에 문이 쭉 들어서 있었는데 모두 잠겨 있었다. 앨리스는 문을 하나씩 열어보다가 안 되자 풀이 죽어 복도 중앙으로 돌아와서는 어떻게 이곳을 빠져 나갈 수 있을까 생각했다.

그런데 갑자기 다리가 세 개인 작은 유리 탁자가 눈에 들어왔다. 탁자 위에는 작은 황금 열쇠가 놓여 있었는데 그걸 보자마자 앨리스는 여기 있는 문들 중 하나를 열 수 있을 거라고 생각했다. 그런데 이럴 수가! 자물쇠가 너무 크거나 열쇠가 너무 작아서 어찌 됐든 어느 문도 열 수 없었다. 하지만 다시 둘러보니 전에 보지 못했던 작은 커튼이 있었고 그 뒤로 높이가 40센티미터가 채 되지 않는 작은 문이 나타났다. 앨리스가 황금 열쇠를 넣어보니 놀랍게도 꼭 들어맞는 것이 아닌가!

문을 여니 쥐구멍만한 크기의 작은 통로가 보였다. 앨리스가 무릎을 꿇고 안을 들여다보았더니 한 번도 본 적이 없는 아름다운 정원으로 이어지는 길이 보였다. 어두컴컴한 복도에서 벗어나 화사한 색상의 꽃들과 멋진 분수가 놓인 정원을 활보하고 싶은 마음이 굴뚝같았지만 통로가 너무 좁아서 머리도 들어가지 않았다. 가엾은 앨리스는 이렇게 중얼거렸다.

"머리가 들어간다고 해도 어깨를 밀어 넣지 못하면 아무 소용이 없잖아. 망원경처럼 몸을 접을 수 있다면 얼마나 좋을까? 처음에 어떻게 하는지만 알면 그다음부터는 문제없을 텐데."

너무 비현실적인 일들이 많이 일어났던지라 앨리스는 그런 일이 전혀 불가능할 거라는 생각이 들지 않았다.

작은 문 앞에 서 있어 봐야 아무 소용이 없을 것 같아서 앨리스는 다른 열쇠나 사람이 몸을 망원경처럼 접을 수 있는 방법이 적힌 책이 놓여 있으면 좋겠다고 살짝 기대하면서 탁자로 향했다. 이번에는 탁자 위에 작은 병이 놓여 있었는데("분명 전에는 없었어"라고 앨리스가 말했다) 병목에 아름답고 커다란 글씨체로 '날 마셔'라고 적힌 라벨이 붙어 있었다.

'날 마셔'라는 말은 유혹적이었으나 현명한 앨리스는 성급히 마실 생각은 없었다.

"아니, 우선 좀 살펴봐야겠어. '독'이라고 쓰여 있지 않는지 확인해야지."

앨리스는 화상을 입거나 맹수에게 잡아먹히거나 뭐 그런 불쾌한 일을 겪은 아이들에 관한 동화를 여러 권 읽었는데 그 아이들 모두 친구들이 알려준 단순한 주의사항을 기억하지 못해서 그렇게 되었다. 새빨갛게 달아오른 부지깽이를 너무 오래 들고 있으면 화상을 입는다든지, 칼을 아주 꽉 잡으면 피가 난다든지 하는 것들이다. 그중에 앨리스가 절대 까먹지 않은 것은 '독'이라고 적힌 병에 든 것을 마시면 머지않아 큰일이 날 것이 확실하다는 점이다.

하지만 이 병에는 '독'이라는 글씨가 보이지 않아서 앨리스는 마셔보았고 맛이 아주 괜찮아서(체리 타르트, 커스터드, 파인애플, 구운 칠면조 요리, 토피, 버터 토스트가 섞인 맛이었다) 단숨에 들이켰다.

"참 오묘한 기분이 드는걸! 이제 망원경처럼 몸을 접을 수 있게 될 거야."

정말 그렇게 되었다. 앨리스는 키가 25센티미터로 줄어들었다. 작은 문을 통해서 아름다운 정원으로 갈 수 있게 되었다고 생각하니 얼굴이 밝아졌다. 그렇지만 우선은 몇 분 동안 기다리며 더 줄어드는지 확인해야 했다. 그러려니 조금 불안해져서 앨리스는 혼잣말로 중얼거렸다.

"이러다가 초처럼 다 녹아 없어지는 건 아닌지 몰라. 그러면 어떡하지?"

그러고는 마지막 불씨까지 다 타고 없어진 초가 어떤 모습일지 상상해보았는데 실제로 그런 걸 한 번도 본 적이 없었다.

잠시 뒤 더 이상 아무런 일도 일어나지 않자 앨리스는 곧바로 정원으로 가기로 했는데 세상에, 가여워라! 문 앞으로 갔을 때 황금 열쇠를 가져오지 않았다는 걸 깨닫고 다시 탁자로 돌아갔지만 손이 닿지 않았다. 유리로 된 탁자라 열쇠가 훤히 비춰 보여서 다리 하나를 붙잡고 올라가려고 애썼지만 너무 미끄러웠다. 아무래도 방법이 없자 가여운 앨리스는 바닥에 주저앉아 울기 시작했다.

"진정해. 울어봐야 아무 소용없어!" 앨리스는 매정한 목소리로 스스로를 다그쳤다. "딱 여기까지만 우는 거야!"

대개 앨리스는 자신에게 아주 좋은 조언을 해주는 편이었는데(물론 따른 적은 거의 없지만) 가끔은 스스로를 아주 혹독하게 꾸짖어 눈물을 쏙 뺐다. 혼자서 두 사람의 역할을 하는 것을 아주 좋아해서 자신과 크로케♦ 내기를 하면서 속임수를 쓰려다 자기 뺨을 때리려고 한 적도 있었다.

'하지만 지금은 소용이 없겠지.' 앨리스가 생각했다. '내가 두 명이라고 생각하는 거 말이야! 왜냐하면 온전히 한 사람의 역할을 하는 것도 벅차니까!'

이내 앨리스는 테이블 아래 놓여 있는 작은 유리 상자로 눈길이 갔다. 상자를 열어 보니 작은 케이크가 들어 있었는데, 그 위에 커런트로 장식한 '날 먹어'라는 글씨가 보였다.

"그래, 먹어야지. 이걸 먹고 몸이 다시 커지면 열쇠를 집을 수 있을 거야. 이걸 먹고 몸이 작아지면 열쇠 구멍으로 들어갈 수 있겠지. 어찌 됐든 정원으로 갈 수 있으니까 둘

♦ 지면에 철주문 아홉 개를 세우고 나무로 만든 공을 나무망치로 때려 두 철주 사이로 통과시켜 다시 되돌아와 속도를 겨루는 경기.

중 어떤 일이 벌어진다고 해도 상관없어!"

그래서 케이크를 살짝 베어 물고는 얼른 혼잣말을 중얼거렸다.

"자, 어느 쪽이야? 어느 쪽이냐고?"

커지는지 줄어드는지 살피려고 손을 머리 위에 올린 채로 있었는데 아무 일도 일어나지 않자 앨리스는 적잖이 당황했다. 보통은 케이크를 먹으면 아무 일도 일어나지 않는 것이 당연하지만 이상한 현상에 완전히 사로잡혀 있었기에 평범한 일상이 지루하고 바보처럼 느껴졌다.

그래서 다시 먹기 시작했고 얼마 지나지 않아 케이크가 동났다.

제2장

눈물 웅덩이

*　　*

"신통방통해라!"

앨리스가 큰 소리로 외쳤다(그녀는 너무 놀라서 잠깐 동안 제대로 말을 하는 법을 잊어버렸다).

"이제 난 세상에서 제일 큰 망원경처럼 늘어나고 있어! 내 발아 안녕!"(앨리스가 발을 내려다보니 너무 멀어 거의 시야에서 사라져버렸다.)

'아, 내 가엾은 발. 이제 누가 양말과 신발을 신겨줄까? 내가 할 수는 없는데! 너무 멀리 있어서 말이야. 그러니 발아, 네가 할 수 있는 최선을 다하렴.'

앨리스는 또 이렇게 생각했다.

'하지만 나도 착하게 대해야 해. 아니면 내가 가고 싶은

곳으로 발이 움직이지 않을 수도 있으니까! 그래, 크리스마스 때마다 새 신발을 사줘야겠어.'

그렇게 앨리스는 어떻게 발을 움직일 것인지 계획을 세워 나갔다.

'택배로 부쳐야겠지. 자기 발에게 선물을 보낸다니 정말 우습잖아! 게다가 주소는 또 어떻고!'

난로망 옆 발판
앨리스의 오른발 귀하
(앨리스의 사랑을 담아)

'세상에, 내가 지금 뭐라고 지껄이고 있는 거야!'

바로 그때 앨리스의 머리가 복도 천장에 닿았다. 키가 2미터 75센티미터가 넘었기에 앨리스는 작은 황금 열쇠를 곧바로 집어 들고는 서둘러 정원으로 가는 문으로 향했다.

아, 가엾은 앨리스! 키가 너무 커버려 바닥에 옆으로 누워 한쪽 눈으로 통로 안을 들여다보는 것 말고 할 수 있는 것이 없었다. 전보다 더 통과하기 어려워졌다. 그녀는 자리에 앉아 다시 울음을 터트렸다.

"부끄러운 줄 알라고. 너처럼 괜찮은 소녀가(그녀는 이렇게 말했다), 주저앉아 울고 있다니! 그만하라고 했잖아!"

하지만 달라지는 것은 없자 하염없이 눈물이 흘렀고 그렇게 수심 10센티미터 정도의 커다란 웅덩이가 생겨 복도의 절반을 채웠다.

잠시 뒤 멀리서 우두둑하는 발자국 소리가 작게 들리자 앨리스는 황급히 눈물을 닦고 누가 오는지 살폈다. 아까 봤던 흰 토끼가 멋지게 차려입고 한 손에는 흰색 가죽 장갑을, 다른 손에는 커다란 부채를 들고 돌아오는 것이 아닌가. 토끼는 빠르게 발을 옮기며 혼자 투덜거렸다.

"아! 공작 부인이! 아! 너무 늦어지면 노발대발하실 텐데!"

앨리스는 너무 절박해서 누구에게라도 도움을 청하고 싶었기에 토끼가 가까이 왔을 때 소심한 목소리로 작게 말했다.

"저기 죄송하지만—."

흰 토끼는 깜짝 놀라 가지고 있던 가죽 장갑과 부채를 떨어뜨리고는 어둠 속으로 허둥지둥 도망쳤다.

앨리스는 부채와 장갑을 집어 들었고 복도가 아주 더운 터라 계속 부채질을 하며 말을 이었다.

"아, 세상에! 오늘은 도대체 무슨 날이람! 어제까지는 모든 것이 다 평범했는데. 하룻밤 사이에 내가 변한 걸까? 가만있자. 오늘 아침에 일어났을 때 그대로였나? 살짝 달라진 것 같은 기분을 느낀 것 같기도 한데. 하지만 내가 전과 같지 않다면 궁금해지네. 그럼 난 누구지? 아, 이건 정말 큰 수수께끼야!"

그리고 앨리스는 자신이 아는 모든 또래 아이들을 떠올리며 그들 중 누구로 변했는지 생각해보았다.

"에이다는 확실히 아니야. 그 애는 긴 곱슬머린데 내 머린 곱슬거리지 않아. 그리고 메이블일 리도 없어. 난 아는 게 많은데 그 애는, 진짜! 아는 게 없잖아. 게다가 그 애는 그 애고 나는 나야. 아, 세상에, 뭐가 이렇게 복잡하담! 내가 알던 모든 것들을 기억하는지 확인해봐야겠어. 어디 보자. 4 곱하기 5는 12이고, 4 곱하기 6은 13, 4 곱하기 7은— 맙소사! 이렇게 곱셈을 해서 20까지 가본 적이 없는데! 뭐, 아무튼 구구단이 중요한 건 아니니까. 지리를 해보자. 런던은 파리의 수도고 파리는 로마의 수도고 로마는— 아니, 전부 다 틀렸어. 확실해! 내가 메이블로 바뀌었나! 〈작은 악어〉를 한번 불러서 확인해봐야겠어."

앨리스는 수업 시간처럼 무릎 위에 손을 포갠 다음 작은 악어를 부르기 시작했지만 목이 쉬고 이상하게 들리는 데다 단어도 잘 생각나지 않았다.

작은 악어가 반짝이는 꼬리로
나일 강물을
황금빛 비늘 위로 흩뿌리네!

쾌활한 웃음을 띠고
발톱을 쭉 펴고
미소가 담긴 입으로 작은 물고기들을 삼키지!

"제대로 외운 게 아니야."

가엾은 앨리스가 눈물이 가득 고인 채 말을 이었다.

"내가 결국 메이블로 바뀌었나 봐. 이제 비좁은 집에서 장난감도 없이 살아야 하다니. 아! 배울 게 엄청 많겠지! 아니. 결정을 내려야 해. 내가 메이블이 됐다면 계속 여기 있을 거야! 사람들이 '어서 올라와, 얘야!'라고 말해도 소용없어. 그럼 난 그들을 쳐다보며 이렇게 말할 거야. '제가 누구예요? 그것 먼저 알려주세요. 제가 마음에 드는 사람이면 올라갈래요. 아니면 다른 사람이 될 때까지 여기 있을 거예요.' 오, 맙소사!"

앨리스는 갑자기 눈물이 왈칵 쏟아졌다.

"사람들이 날 찾아주면 좋겠어! 여기 혼자 있으려니까 너무 힘들어!"

이렇게 말하며 앨리스는 손을 내려다보았고 혼잣말을 하는 와중에 토끼의 작은 흰색 가죽 장갑 한쪽을 끼고 있는 것을 보고 놀랐다.

'어쩌다 이랬지? 내가 다시 작아지고 있나 봐.'

앨리스는 자리에서 일어나 키를 가늠해보려고 탁자로 다가갔고 예상한 대로 자신이 지금 60센티미터 정도이고 급속도로 줄어들고 있다는 것을 알게 되었다. 그리고 이내 줄어드는 원인이 가지고 있는 부채 때문이라는 것을 알아차리고는 완전히 줄어들어 없어지기 전에 서둘러 부채를 손에서 떨어뜨렸다.

"큰일 날 뻔했어!"

앨리스는 갑작스런 변화에 크게 겁이 났지만 완전히 사라지지 않게 되어 기뻤다.

"이제 정원으로 가야지!"

그녀는 이렇게 말하고 서둘러 작은 출입구로 향했다. 그런데 어쩌나! 작은 문은 다시 닫혀버렸고 황금 열쇠는 전처럼 유리 탁자 위에 놓여 있다.

'최악의 상황이 되었어.' 앨리스가 생각했다. '이렇게까지 작아진 적은 없었잖아! 진짜 최악이야!'

그렇게 말하는 와중에 그만 발이 미끄러지면서 풍덩! 앨리스는 턱까지 물에 잠겼다. 처음에는 바다에 떨어졌다고 생각했다.

"그렇다면 기차를 타고 집에 가면 되지."

앨리스는 혼잣말을 했다. (평생 딱 한 번 바다에 가보았지만 이런 결론에 도달했다. 영국 해안 어디를 가든 바다에는 이동식 탈의실이 있고 아이들이 나무 주걱으로 모래를 파고 놀며 즐비한 숙소들 너머로 늘 기차역이 자리한다고.) 그렇지만 곧 자신이 2미터 75센티미터일 때 울었던 눈물이 만든 웅덩이에 빠졌다는 것을 알게 되었다.

"그렇게 많이 우는 게 아니었어!" 앨리스는 물 밖으로 나가려고 애쓰며 말했다. "지금 벌을 받고 있나 봐. 내가 흘린 눈물에 익사하는 걸로! 그건 너무 이상한 일이잖아! 그렇지만 오늘은 모든 게 다 이상하니."

그러다 조금 떨어진 곳에서 첨벙하는 소리가 들렸고 앨리스는 그게 무엇인지 보려고 헤엄쳐 가까이 갔다. 처음에는 바다코끼리나 하마가 틀림없다고 생각했는데 자신이 얼마나 작아졌는지 떠올려 보니 자기처럼 미끄러진 쥐일 거라고 추측했다.

'생쥐랑 이야기하는 게 소용이 있을까? 여기서는 모든 게 이상하니 쥐가 말을 할 수 있겠지. 아무튼 시도해본다고 나쁠 건 없어.'

그래서 앨리스는 이렇게 말했다.

"저기, 생쥐야! 이 웅덩이에서 나가는 법을 알아? 계속 헤엄치느라 지쳤어. 생쥐야!" (앨리스는 이것이 소통하는 올바른 방법이라고 확신했다. 한 번도 말을 해본 적이 없었지만 오빠의 라틴어 문법책에서 '생쥐가, 생쥐의, 생쥐에게, 생쥐를, 생쥐야!'라고 적힌 걸 본 적이 있기 때문이다.)

생쥐는 호기심 어린 표정으로 앨리스를 쳐다보더니 눈을 찡긋거렸지만 아무런 대답도 하지 않았다.

'아마 영어를 못 알아듣는 걸 거야.' 앨리스는 이렇게 생각했다. '정복자 윌리엄♦이랑 같이 온 프랑스 생쥐가 분명해.' (앨리스는 역사 지식이 별로 없어서 언제 무슨 일이 일어났는지 제대로 알지 못했다.)

그러고는 다시 말을 이었다.

"우 에 마 샤트♦♦?"

이 말은 앨리스가 프랑스어 수업에서 처음으로 배운 문장이었다. 그러자 생쥐가 놀라 몸서리치며 물 위로 도약했다.

"어머, 미안해!" 앨리스는 가엾은 동물에게 상처를 주었

♦ 노르망디 공작으로 노르망디를 발전시켰으며, 1066년 잉글랜드를 침략하여 잉글랜드의 왕이 되어 노르만 왕조의 시조가 되었다.

♦♦ 프랑스어로 '내 고양이가 어디 있지?'라는 의미다.

을까 두려워 황급히 사과했다. "네가 고양이를 싫어한다는 걸 까맣게 잊고 있었어."

"난 고양이가 정말 싫어!" 생쥐가 날카롭고 예민한 목소리로 외쳤다. "네가 내 입장이라면 고양이를 좋아하겠니?"

"아니, 안 그렇겠지." 앨리스가 생쥐를 달랬다. "너무 화내지 마. 내 고양이 다이너를 보여줄 수 있으면 좋을 텐데. 그 애를 보면 고양이를 좋아하게 될 거야. 정말 얌전하거든."

앨리스는 느긋하게 웅덩이를 헤엄치며 반쯤은 혼잣말로 중얼거렸다.

"벽난로 옆에 앉아서 가르릉거리며 발을 핥고 얼굴을 씻어. 다이너를 껴안으면 푹신하고 좋아. 게다가 쥐도 아주 잘 잡아. 아뿔싸, 미안해!"

앨리스가 다시금 큰 소리로 사과했지만 생쥐는 온몸의 털을 세웠다. 그녀는 생쥐가 공격적인 태세를 취했다는 것을 알 수 있었다.

"네가 내키지 않으면 우리 다이너 이야기는 그만두는 게 좋겠어."

"우리라니!" 생쥐가 머리부터 발끝까지 몸을 부들부들 떨며 말했다. "마치 내가 좋아서 고양이 이야기를 꺼낸 것처럼 말하는구나! 우리 가족은 항상 고양이를 싫어했어. 형편없어, 저급하고 천박한 것들! 다시는 그 이름을 입에 올리지 마!"

"절대로 안 그럴게!"

앨리스는 이렇게 말하며 재빨리 대화의 주제를 바꿨다.

"너는, 그러니까 개는 좋아해?"

생쥐가 대답을 하지 않자 앨리스는 열심히 설명했다.

"우리 집 근처에 아주 귀여운 강아지가 있는데 너한테 보여주고 싶어! 눈동자가 밝은 색의 테리어인데 아, 맞다! 곱슬거리는 갈색 털이 길어! 공을 던지면 잘 물어 오고 밥 먹기 전에 앉아서 기다리는 것 등 뭐 다 잘해. 너무 많아서 내가 다 기억은 못하지만. 아무튼 키우는 농부 아저씨가 그러는데 그 개가 쓸모가 아주 많아서 100파운드는 족히 받을 수 있을 거라고 했어! 쥐도 잘 잡아 죽인다고 했는데, 어머나!"

앨리스는 슬픈 목소리로 탄식했다.

"내가 또 널 불쾌하게 했구나!"

생쥐가 최대한 빨리 앨리스에게서 벗어나려고 세차게 헤엄치느라 웅덩이가 크게 요동쳤다.

앨리스는 생쥐를 향해 애원하는 목소리로 외쳤다.

"생쥐야! 다시 돌아와. 네가 싫다면 고양이도, 개 이야기도 안 할게!"

쥐가 그 소리를 듣고는 방향을 틀어 천천히 그녀에게 헤엄쳐 왔다. 생쥐는 꽤 창백한 얼굴(화가 나서 그렇다고 앨리스는 생각했다)이었고 낮고 떨리는 목소리로 이렇게 말했다.

"물가로 헤엄쳐 가자. 그다음에 내 이야기를 들려줄게. 그러면 내가 왜 그렇게 고양이와 개를 싫어하는지 이해하게 될 거야."

마침 물에 빠진 새와 동물들로 웅덩이가 복잡해서 벗어나기 좋은 때였다. 오리와 도도새, 앵무새와 새끼 독수리를 비롯해 흥미로운 동물들이 보였다. 앨리스가 앞장섰고 모두가 물가를 향해 헤엄치기 시작했다.

제3장

코커스 경주와 긴 이야기

* * *

강둑에 모인 모두가 참으로 볼만했다. 새들은 깃털이 젖어 볼품없었고 동물들도 털이 바짝 달라붙었다. 모두가 젖은 몸에서 물을 뚝뚝 흘리며 언짢아했다.

당연히 어떻게 다시 몸을 말릴 것인지가 관건이었다. 이 주제를 두고 토론이 벌어졌고 몇 분 뒤 앨리스는 마치 평생 동안 알고 지낸 것마냥 이들과 자연스럽게 이야기를 하고 있는 자신을 보고 놀랐다. 실제로 앵무새와는 꽤 길게 언쟁을 벌였는데 새는 마지막에 샐쭉해져서는 이렇게 쏴붙였다.

"내가 너보다 나이가 많으니 더 잘 알아."

앵무새가 몇 살인지 몰랐기에 앨리스는 그 말을 인정할 수 없었고 새가 나이를 알려주지 않아서 더는 할 말이 없었다.

마침내 그들 중 권한이 있어 보이는 생쥐가 큰 소리로 말했다.

"전부 앉아서 내 말 좀 들어요! 금방 몸을 말릴 수 있게 해줄 테니!"

그 소리에 모두가 생쥐를 중심으로 둥글게 모여 앉았다. 앨리스는 빨리 몸을 말리지 않으면 심한 감기에 걸릴 것 같은 기분이 들어 불안한 눈빛으로 생쥐를 쳐다보았다.

"에헴!"

생쥐가 헛기침을 하고 입을 열었다.

"다들 들을 준비가 되었나요? 내가 아는 가장 무미건조한 이야기를 할 테니 모두 정숙해주세요! '교황의 총애를 받던 정복자 윌리엄이 지도자가 필요했던 영국의 국왕 자리에 올랐어요. 머시아와 노섬브리아의 백작인 에드윈과 모르카는—'"

"어흑!" 앵무새가 몸을 떨며 소리를 냈다.

"뭐라고?" 생쥐는 인상을 찌푸렸지만 예의 바르게 물었다. "뭐라고 말한 거죠?"

"아무 말 안했는데!" 앵무새가 서둘러 대답했다.

"난 또 뭐라고 한 줄 알았네." 생쥐가 대꾸했다. "—그럼 계속하겠어요. '머시아와 노섬브리아의 백작 에드윈과 모르카가 윌리엄을 지지했고 애국심 강한 캔터베리의 대주교 스티갠드도 그렇게 하는 것이 적절하다고 판단했기에—.'"

"뭐가 적절하다는 거지?" 오리가 물었다.

"그것이 적절하다고요." 생쥐가 꽤 언짢은 듯 대답했다. "당연히 '그것'이 무엇인지는 알 테고."

"'그것'이 무슨 뜻인지는 알지만 나한테 그것은 대개 개구리나 애벌레를 의미한다고. 그러니까 내 말은 대주교가 무엇을 적절하다고 판단했냐고?"

생쥐는 이 질문이 무슨 뜻인지 이해하지 못했고 서둘러 말을 이었다.

"'에드거 애설링과 함께 윌리엄을 만나 그에게 왕관을 씌워주는 것이 적절하다고 판단했습니다. 초반에 정복자 윌리엄은 온건하게 다스렸지요. 하지만 노르만족의 오만함은—'."

생쥐가 이야기를 하다 말고 앨리스를 쳐다보며 물었다.

"몸이 좀 말랐니?"

"아니, 아직 많이 젖었어." 앨리스가 우울한 목소리로 말했다. "전혀 마르는 것 같지 않아."

"그렇다면," 도도새가 자리에서 일어나 진지하게 말했다. "이 회의를 중단하고 곧바로 한층 활동적인 방안을 강구하는 것이—."

"좀 알아듣게 말해요!" 새끼 독수리가 외쳤다. "무슨 말인지 하나도 못 알아듣겠고 그쪽도 전혀 믿음이 가지 않아요!"

새끼 독수리는 웃음을 감추려 고개를 숙였다. 다른 새들은 티 나게 킥킥거렸다.

"내가 하고 싶은 말은," 도도새가 방어적인 목소리로 말했다. "우리가 몸을 말릴 가장 좋은 방법은 코커스 경주라는 겁니다."

"코커스 경주가 뭐예요?"

앨리스가 물었다. 그다지 궁금한 건 아니었지만 도도새가 누군가는 반응을 보여줘야 한다는 식으로 중간에 말을 멈췄고 누구도 선뜻 말할 것 같지 않아서 나선 거였다.

"그건," 도도새가 대답했다. "직접 해보는 것이 가장 좋은 설명입니다."

(겨울에 직접 해볼 일이 있을지도 모르니 도도새가 어떻게 했는지 설명하겠다.)

우선 도도새는 크게 원을 그린 다음("딱 떨어지게 원형일 필요는 없어요"라고 도도새가 말했다) 모두를 그 위 이곳저곳에 배치했다. '하나, 둘, 셋, 출발'과 같은 구령도 없이 모두가 내킬 때 뛰었다가 내킬 때 멈췄다가 해서 경주가 언제 끝나는지 알기 어려웠다. 그렇지만 30분 정도 달리고 나니 몸이 꽤 말랐고 도도새가 갑자기 소리쳤다.

"경주가 끝났어요!"

그리고 모두가 한곳에 모여 숨을 헐떡이며 이렇게 물었다.

"그런데 누가 이긴 거죠?"

이 질문에 도도새도 쉽게 대답할 수 없어 한참을 자리에 앉아 손가락 하나로 이마를 짚은 채 생각했고(셰익스피어 초상화에 나오는 포즈로) 나머지는 조용히 기다렸다. 그리고 마침내 도도새가 말했다.

"모두가 우승자니 모두 상을 받아야 합니다."

"그럼 상은 누가 주나요?"

여러 목소리들이 이렇게 물었다.

"당연히 그녀가 주겠죠."

도도새가 앨리스를 가리켰고 모두가 주위로 모여들어 번잡스럽게 외쳤다.

"상을 줘! 상을 달라고!"

앨리스는 어떻게 해야 할지 몰라 난감해하다가 주머니에 손을 넣어보았고 호두 사탕 봉지를 꺼내(다행히 짠물이 스며들지 않았다) 모두에게 부상으로 나누어주었다. 모두에게 하나씩 나눠주니 딱 맞아 떨어졌다.

"하지만 저 애도 상을 받아야 하잖아요." 생쥐가 말을 꺼냈다.

"물론입니다." 도도새가 아주 근엄하게 말했다. "주머니에 또 뭐가 들었지?" 도도새가 앨리스를 향해 몸을 돌리며 물었다.

"골무 하나뿐이야."

앨리스가 슬픈 목소리로 대답했다.

"이리 건네줘." 도도새가 말했다.

그러자 모두가 다시금 그녀 주위로 모였고 도도새는 골무를 건네주며 이렇게 말했다.

"이 우아한 골무를 수여하는 바입니다."

이 짤막한 발표가 끝나자 모두가 환호성을 질렀다.

앨리스는 이 모든 일이 정말 터무니없다고 생각했지만 모두가 너무 진지해 차마 웃을 수 없었고 딱히 할 말도 생각나지 않아 그냥 가볍게 목례를 한 뒤 골무를 받아 들고 최대한 진지한 표정을 지었다.

그런 다음 모두가 호두 사탕을 먹었다. 그 과정에서도 한바탕 시끌벅적 소동이 일었다. 큰 새들은 사탕이 너무 작아 맛을 음미하지 못했다고 불평했고 작은 새들은 사탕이 목에 걸려 등을 두드려 달라고 아우성쳤다. 그러나 모두가 먹고 난 뒤 다시 둥글게 모여 앉았고 생쥐에게 이야기를 더 해달라고 부탁했다.

"네가 겪은 일을 말해준다고 약속했잖아."

앨리스가 입을 열었다.

"왜 네가 옹이와 멍이를 싫어하는지 말이야."

앨리스는 이 말을 속삭이면서 혹시나 또 생쥐가 겁을 낼까 봐 좀 걱정이 되었다.

"그건 꼬리에 꼬리를 무는 아주 길고 슬픈 이야기야!"

생쥐가 앨리스를 쳐다보며 한숨을 내쉬었다.

"당연히 길겠지." 앨리스는 고개를 숙여 생쥐의 꼬리를 살폈다. "그런데 왜 꼬리가 꼬리♦를 물어 슬프다고 말하는 거야?"

앨리스는 생쥐가 말하는 동안 계속 그 부분에 대해 생각했고 그녀가 이해한 생쥐의 이야기는 이랬다.

♦ 이야기tale와 꼬리tail의 발음이 같은 것을 이용한 언어유희다.

집에서 만난 사나운 퓨어리
가 생쥐에게 이렇게 말했
다. "법원에 가자. 널 고
소하겠어. 부정해도 소
용없어. 우리는 재판을
해야 해. 오늘 아침에
난 아무것도 할 게
없거든."
그 말에 생쥐가
퓨어리에게 이
렇게 대답했다.
"이봐. 배심원도
판사도 없는 재
판은 시간 낭비
일 뿐이야."
"내가 판사도 하
고 배심원도
할 거야." 퓨
어리가 말
했다. "샅
샅이 조
사한 뒤
에 널
사 형
에 처
하 겠
어."

"내 이야기를 안 듣고 있잖아!" 생쥐가 앨리스에게 화를 냈다. "무슨 생각을 하는 거야?"

"미안해." 앨리스가 공손한 목소리로 대답했다. "꼬리를 다섯 번 꼬아야 하지?"

"아니거든!"

생쥐가 크게 화를 내며 날카롭게 반응했다.

"매듭♦이 생겼구나!" 언제나 남을 도울 준비가 된 앨리스가 생쥐 주변을 살피며 말했다. "내가 푸는 걸 도와줄게!"

"난 그런 거 없거든." 생쥐가 자리에서 일어나 걸음을 옮겼다. "넌 이상한 말을 해서 날 모욕했어!"

"그런 의도가 아니야!" 가엾은 앨리스가 애처롭게 말했다. "하지만 넌 너무 쉽게 화를 내!"

그 소리에 생쥐는 말없이 씩씩거리기만 했다.

"그만 돌아와서 이야기를 마저 끝내줘!"

앨리스가 생쥐를 불렀고 다른 동물들도 함께 외쳤다.

"그래, 그렇게 해줘요!"

하지만 생쥐는 고개를 저으며 더 빨리 걸음을 옮겼다.

"생쥐가 가버리다니 정말 유감이군!"

생쥐가 시야에서 사라지자마자 앵무새가 한숨을 쉬었다. 늙은 꽃게는 이 기회를 빌려 딸에게 이렇게 말했다.

"아가! 방금 잘 봤지. 넌 절대 성질을 부려서는 안 된다!"

♦ 생쥐가 아니not라고 말한 것을 동음이의어 매듭knot으로 잘못 이해한 상황이다.

"엄마, 말조심해요!" 어린 꽃게가 살짝 땍땍거렸다. "엄마는 너무 잔소리가 심해요!"

"다이너가 여기 있었더라면 좋았을 텐데!"

앨리스는 딱히 누군가에게 하는 말은 아니었지만 큰 소리로 외쳤다.

"그럼 곧바로 생쥐를 물어 왔을 텐데!"

"다이너가 누군지 물어봐도 될까?" 앵무새가 말했다.

앨리스는 항상 반려동물에 대해 이야기할 준비가 되어 있었기에 곧바로 대답했다.

"다이너는 내 고양이야. 쥐를 진짜 잘 잡아! 아, 새를 쫓는 것도 보고 싶은데! 작은 새를 잽싸게 낚아채 잡아먹거든!"

이 말에 동물들 사이에 일대 소동이 벌어졌다. 늙은 제비가 아주 조심스럽게 몸을 감싸더니 이렇게 말했다.

"난 빨리 집에 가야겠어. 밤공기가 목에 안 좋거든!"

카나리아는 떨리는 목소리로 새끼들에게 말했다.

"애들아, 어서 이리 와! 전부 잠잘 시간이야!"

여러 가지 핑계로 모두가 자리를 뜨고 앨리스는 곧 혼자 남겨졌다.

"다이너 이야기를 하는 게 아니었는데!" 앨리스는 침울한 목소리로 혼잣말을 했다. "여긴 아무도 다이너를 좋아하지 않는 것 같아. 세계 최고의 고양이인데! 아, 내 예쁜 다이너! 널 다시 볼 수 있을지 모르겠어!"

가엾은 앨리스는 아주 외롭고 비참한 기분이 들어 다시

눈물을 흘렸다. 그런데 잠시 뒤 멀리서 가벼운 발걸음 소리가 들렸고 앨리스는 생쥐가 마음을 바꿔 이야기를 끝내러 오는 것일까 살짝 기대하며 고개를 돌려보았다.

제4장

작은 도마뱀 빌을 들여보낸 토끼

* * * *

발자국 소리의 정체는 잃어버린 무언가를 찾는 듯 천천히 주위를 두리번거리며 걷는 흰 토끼였다. 그리고 이내 탄식하는 목소리가 들렸다.

"공작 부인! 공작 부인! 아, 가여운 내 발! 내 털이랑 수염도! 부인이 날 가만두지 않을 것이 불 보듯 뻔해! 도대체 어디에 떨어뜨렸담!"

앨리스는 곧바로 토끼가 부채와 흰 가죽 장갑을 찾고 있다는 걸 알아차리고는 자신도 함께 찾아보았지만 어디서도 보이지 않았다. 눈물 웅덩이에 빠져 허우적거리는 사이 모든 것이 달라졌고 기다란 복도, 유리 탁자, 작은 문도 감쪽같이 사라졌다.

이내 토끼가 이리저리 찾고 있던 앨리스를 보더니 화난 목소리로 소리쳤다.

“매리 앤, 여기서 뭘 하고 있는 거야? 당장 집에 가서 장갑이랑 부채를 가져와! 어서, 서둘러!”

그 말에 앨리스는 겁을 먹고 사람을 잘못 봤다고 말할 겨를도 없이 토끼가 가리키는 방향으로 뛰었다.

“날 자기 집 하녀로 착각한 거야.” 앨리스는 뛰어가며 혼잣말을 했다. “내가 누군지 알면 얼마나 놀랄까! 하지만 토끼에게 부채와 장갑을 가져다줘야 해. 내가 찾을 수 있다면 말이지.”

이렇게 말하는 동안 앨리스는 작은 집 앞에 도착했고 밝은 청동 문패에는 ‘흰 토끼’라고 적혀 있었다. 앨리스는 진짜 매리 앤과 마주쳐 부채와 장갑을 찾기도 전에 집에서 쫓겨날까 봐 엄청 겁이 나 노크를 하지 않고 곧바로 안으로 들어가 위층으로 올라갔다.

“이게 다 무슨 일이람.” 앨리스는 혼잣말을 했다. “토끼의 시종이 되다니! 다음에는 다이너가 날 부려먹겠어!”

그러고는 그런 일이 생기면 어떨지 머릿속으로 그려보았다.

“‘앨리스 아가씨! 얼른 와서 산책 갈 준비를 하세요!’ ‘금방 갈게 유모! 하지만 다이너가 올 때까지 이 생쥐 굴에서 쥐가 나오지 못하게 감시해야 하는걸.’ 다이너가 사람들을 이런 식으로 부려먹는다면 집에서 쫓겨나고 말 거야!”

앨리스는 용케도 작은 방 안으로 들어갔다. (그녀가 바라던 대로) 창가 탁자 위에 부채 하나와 작은 흰색 가죽 장갑 두세 켤레가 놓여 있었다. 앨리스가 부채와 장갑 한 켤레를 집어 든 다음 막 방을 나서려는데 거울 앞에 놓인 작은 병 하나가 눈에 들어왔다. '날 마셔' 같은 라벨이 붙어 있지는 않았지만 그녀는 마개를 따서 입에 가져갔다.

"분명 뭔가 신기한 일이 벌어질 거야. 뭘 먹거나 마시면 늘 그랬으니까 이번에는 어떤 일이 벌어지는지 봐야지. 다시 날 커지게 해줬으면 좋겠어. 이렇게 조그만 사람으로 있는 게 진짜 신물 나거든!"

앨리스가 생각한 것보다 더 빨리 정말로 그런 일이 일어났다. 반쯤 마셨을 때 이미 앨리스의 머리가 토끼 집 천장에 닿아 목이 부러지지 않으려면 몸을 구부려야 했다. 앨리스는 재빨리 병을 내려놓고 혼잣말을 했다.

"이정도면 충분해. 더는 안 자랐으면. 이미 문 밖으로 나갈 수 없게 커버렸는걸. 너무 허겁지겁 마시지 말아야 했어!"

어쩌나! 후회하긴 너무 늦어버렸다! 앨리스는 계속 자랐고 이내 바닥에 무릎을 꿇어야 할 지경에 이르렀다. 그러나 곧 그마저도 모자라 문에 팔꿈치를 기대고 다른 팔로는 머리를 감싸고 드러누웠다. 그래도 계속 자라자 최후의 수단으로 한 팔을 창문 밖으로 내밀고 한쪽 다리를 굴뚝으로 뻗었다.

"무슨 일이 일어나든 이제 더는 못 해. 내가 뭐가 되려는 걸까?"

다행히 작은 마법의 병이 효력을 다했는지 몸이 더 이상

커지지는 않았다. 하지만 여전히 너무 불편했고 방을 나갈 수 있을 것 같지도 않아서 기분이 나빴다.

'집에 가만히 있을 때가 편했는데.' 가엾은 앨리스가 생각했다. '몸이 자라거나 줄어들거나 하지 않고 생쥐나 토끼한테 명령을 받을 일도 없고 말이야. 토끼 굴로 따라 들어가지 말걸. 하지만 이런 삶도 너무 신기하잖아! 앞으로 나에게 어떤 일이 벌어질지 궁금해! 동화책을 읽던 시절에는 현실에선 절대 이런 일이 일어날 수 없을 거라 생각했는데 내가 지금 그런 일을 겪고 있잖아! 나에 관해 쓴 동화도 분명 있어야 해. 그래야 한다고! 내가 커서 한 권 써야겠어. 그렇지만 난 이미 다 컸는걸.'

앨리스는 슬픈 목소리로 이렇게 덧붙였다.

'여기선 더 자랄 공간이 없지만. 그런데 지금보다 더 나이를 먹게 되지는 않겠지? 할머니가 안 되는 건 좋지만 그렇다면 늘 뭔가를 배워야 하잖아! 아, 그건 싫은데!'

"멍청이 앨리스!" 그녀는 스스로를 꾸짖었다. "여기서 뭘 배울 수 있다는 거야? 그럴 처지도 안 되고 교과서를 놔둘 자리도 없어!"

그렇게 앨리스는 혼자 한편이 되었다가 다른 편이 되었다가 하며 대화를 이어갔다. 몇 분 뒤 밖에서 누군가의 목소리가 들리자 말을 멈추고 귀를 기울였다.

"매리 앤! 매리 앤!" 목소리가 말했다. "지금 당장 내 장갑을 가져와!"

그리고 우당탕거리며 빠르게 계단을 오르는 발자국 소리가 들렸다. 앨리스는 토끼가 자신을 찾으러 온 것을 알고서 집이 흔들릴 정도로 몸을 떨었다. 지금 자기가 토끼보다 천 배는 더 크다는 사실을 까먹었고 그래서 두려워할 이유가 없다는 것도 모른 채.

토끼가 문 앞으로 와서 방문을 열려 했지만 문은 안으로 밀어 열도록 되어 있었고 앨리스의 팔꿈치가 단단히 막고 있는 통에 열리지 않았다. 앨리스는 토끼가 혼잣말을 중얼거리는 것을 들었다.

"그러면 뒤쪽으로 돌아 창문으로 들어가야겠어."

'그렇게는 안 될걸!'

앨리스는 토끼가 창문 바로 밑에 도착할 때까지 기다렸다가 갑자기 손을 쭉 뻗어서 공중에서 휙휙 휘저었다. 아무것도 잡히지 않았지만 작은 비명과 함께 넘어지고 유리가 깨지는 소리가 들렸다. 그녀는 토끼가 오이를 키우는 온실 같은 곳에 떨어진 것이라 짐작했다.

이내 성난 토끼의 목소리가 들렸다.

"팻! 팻! 어디 있어?"

그러자 앨리스가 한 번도 들어보지 못한 낯선 목소리가 대답했다.

"전 여기 있어요! 사과를 캐고 있어요, 주인님!"

"사과를 캐다니!" 토끼가 화난 목소리로 소리쳤다. "여기야! 와서 날 여기서 꺼내줘!" (또다시 유리가 깨지는 소리가 났다.)

"자, 이제 말해봐, 팻. 창문에 있는 저게 뭐야?"

"네, 그건 팔입니다, 주인님!" (팻은 '파아알'이라고 발음했다.)

"팔이라니, 이 멍청아! 저렇게 큰 팔을 본 적이 있어? 창문에 꽉 찰 정도로 크잖아!"

"물론 그런 걸 본 적이 없습죠, 주인님. 하지만 저건 팔입니다."

"그래, 어쨌든 저기 있을 필요는 없으니 어서 가서 치워!"

그 이후로 긴 침묵이 흘렀고 앨리스는 간간히 속삭이는 소리를 들었다.

"그러기 싫습니다, 주인님!"

"내가 시키는 대로 해, 이 겁쟁이야!"

그래서 앨리스는 손을 쭉 뻗어서 다시금 공중에서 휘둘렀다. 이번에는 두 사람 몫의 비명 소리가 들렸고 더 많은 유리가 깨지는 소리가 났다.

‘오이 온실이 도대체 몇 개나 있는 거야!’ 앨리스는 생각했다. ‘이제 저들이 어떻게 할지 궁금한걸! 날 창문 밖으로 끌어내주면 좋을 텐데! 난 더 이상 여기 있고 싶지 않아!’

앨리스는 더는 아무 소리도 안 들릴 때까지 기다렸다. 좀 있다 수레바퀴가 구르는 소리가 들리더니 여러 목소리들이 동시에 말하는 소리가 났다. 그중 몇 마디가 귀에 들어왔다.

“다른 사다리는 어디 있어?”

“난 하나밖에 없는데. 빌이 가지고 있어.”

“빌! 이리 가져와! 여기, 이 모퉁이에 놓으라고.”

“아니. 우선 하나로 묶어야지.”

“아직 반도 안 닿는걸.”

“아! 그걸로 되겠어.”

“거기 말고. 여기, 빌! 이 밧줄을 꽉 잡아.”

“지붕이 견딜까?”

“미끄러운 슬레이트 조심해.”

“아, 우르르 떨어진다! 고개 숙여!”

(쾅 하고 부서지는 소리)

“누가 그랬어?”

“빌인 것 같은데.”

“누가 굴뚝으로 내려갈 거야?”

“아니. 난 아니야! 네가 가!”

“그건 난 싫어!”

“빌이 가야 해.”

"어서, 빌! 주인님이 네가 굴뚝을 내려가야 한대!"

"아, 그러니까 빌이 굴뚝으로 내려온다고?"

앨리스가 혼잣말을 했다.

"왜 모든 걸 빌에게 시키는 것 같지! 나라면 빌의 입장이 되고 싶지 않을 거야. 이 벽난로는 좁지만 발을 살짝 찰 수 있을 것 같아!"

앨리스는 최대한 발을 굴뚝 아래로 내리고는 작은 동물(어떤 동물인지 짐작이 가지 않았다)이 굴뚝 안에서 이리저리 움직이며 가까이 다가올 때까지 기다렸다. 그러고는 스스로에게 말했다.

"저게 빌이야."

앨리스는 한 번 세게 발길질을 한 뒤 무슨 일이 벌어지는지 기다렸다.

처음 그녀가 들은 소리는 이랬다.

"저기, 빌이 나왔다!"

그리고 토끼의 목소리가 들렸다.

"거기 울타리에 서 있는 너, 빌을 잡아, 얼른!"

그리고 침묵이 흐르더니 또 다른 화난 목소리가 들렸다.

"머리를 받쳐줘."

"브랜디를 먹이고."

"목이 졸리지 않게."

"괜찮아, 친구? 무슨 일이야? 우리한테 다 말해봐!"

마침내 아주 허약하고 울먹이는 목소리가 들렸다('저게

빌이야.' 앨리스는 생각했다).

"그게, 저도 잘 모르겠어요. 아무것도. 고마워요. 이제 좀 괜찮아요. 하지만 너무 당황해서 정신을 못 차리겠어요. 기억나는 거라곤 깜짝 장난감 상자처럼 갑자기 뭐가 저한테 달려들었고 그래서 제 몸이 하늘 높이 솟아올랐던 거예요!"

"그랬구나!"

다른 이들이 말했다.

"집을 불태워 없애야 해!"

토끼가 이렇게 외치자 앨리스는 최대한 큰 소리로 반박했다.

"불을 지르기만 해봐. 다이너를 풀어 널 잡을 테니까!"

그러자 곧바로 쥐 죽은 듯 조용해졌다. 앨리스는 생각했다.

'이제 어떻게 할지 궁금한데! 생각이 있으면 지붕을 들어내겠지.'

잠시 뒤 다시 동물들이 움직였고 앨리스는 토끼가 하는 말을 들었다.

"처음엔 손수레 한 짐으로 시작해."

'뭐가 손수레 한 짐이라는 거지?'

앨리스는 의구심이 들었고 얼마 안 가 작은 조약돌이 무더기로 창문으로 쏟아졌고 그중 몇 개는 얼굴로 떨어졌다.

"가만두면 안 되겠어."

앨리스는 곧바로 소리쳤다.

"그만두는 게 좋을걸!"

그러자 다시 적막이 감돌았다.

앨리스는 조약돌이 바닥에 떨어지자마자 작은 케이크로 변하는 것을 보고 놀랐고 갑자기 좋은 생각이 났다.

'저 케이크를 먹으면 내 몸에 확실히 변화가 생길 거야. 더 커지기는 불가능하니까 분명 작아지겠지.'

그래서 케이크 중 하나를 집어 삼켰고 곧바로 몸이 줄어드는 것을 확인하고 기뻐했다. 문으로 나올 수 있을 만큼 몸이 줄어들자마자 앨리스는 집밖으로 뛰어나갔고 작은 동물들과 새들 무리가 모여 있는 광경이 눈에 들어왔다. 불쌍한 작은 도마뱀 빌이 한가운데서 기니피그 두 마리의 부축을 받아 선 채로 그들이 따라주는 병 음료를 마시고 있었다. 앨리스가 등장하자 모두가 달려들었지만 젖 먹던 힘을 다해 도망쳤고 이내 울창한 숲속으로 몸을 숨겼다.

앨리스는 숲속을 배회하면서 중얼거렸다.

"무엇보다도 원래 크기로 돌아가는 게 우선이야. 그리고 그다음엔 아름다운 정원으로 들어가는 방법을 찾는 거지. 그게 제일 좋은 계획이지 싶어."

의심할 여지없이 훌륭한, 아주 분명하고 간단한 계획이다. 애로사항이 있다면 어디서부터 시작해야 할지 전혀 감이 잡히지 않는다는 거였지만. 그렇게 불안한 눈길로 나무 사이를 살피는데 갑자기 머리 위에서 날카롭게 짖는 소리가 들렸다.

고개를 들어 보니 엄청나게 큰 강아지가 커다란 눈동자를 반짝이며 앨리스를 내려다보더니 한 발을 쭉 펴서 그녀를 만지려고 했다.

"아이고, 착하지!"

앨리스는 강아지를 달래며 휘파람을 불었지만 강아지가 배가 고파서 아무리 달래도 그녀를 먹어치우면 어쩌나 하는 생각 때문에 아주 겁이 났다.

딱히 뭘 하려고 한 건 아니었지만 앨리스는 작은 나뭇가지를 집어 강아지에게 내밀었다. 그러자 강아지가 네 발로 펄쩍 뛰더니 좋아하면서 나뭇가지를 향해 달려들었다. 앨리스는 다칠까 겁이 나 잽싸게 커다란 엉겅퀴 뒤로 몸을 숨겼고 다시 다른 쪽에서 나타나 나뭇가지를 내미니 강아지가 쏜살같이 미끄러져 왔다. 앨리스는 마치 짐마차를 끄는 말과 게임을 하는 것 같다는 생각이 들어 강아지가 달려들 것을 예상하고는 나뭇가지를 내밀었다가 얼른 엉겅퀴 뒤로 숨었다. 그러자 몇 번 내밀고 숨기를 반복하면서 강아지는 나뭇가지를 향해 왕왕 짖으며 매번 조금씩 앞으로 오다가 다시 뒤로 물러섰고 점차 목이 쉬더니 결국 지쳐 자리에 앉아 눈을 반쯤 감은 채 긴 혀를 내밀고 숨을 헐떡였다.

이것이 도망갈 절호의 기회였기에 앨리스는 곧바로 내달렸고 숨이 차오르고 강아지의 짖는 소리가 꽤 멀게 느껴질 때까지 멈추지 않았다.

"그래도 참 귀여운 강아지였어!"

앨리스는 미나리아재비에 기대 쉬면서 잎사귀 하나로 부채질을 했다.

"내 몸이 정상적으로 컸다면 던지고 물어오기 기술을 잘 가르쳐주었을 텐데! 어머나! 내가 다시 자라야 한다는 걸 까먹고 있었어! 어디보자, 이제 어떻게 해야 하지? 뭘 먹거나 마셔야 할 것 같은데. 근데 중요한 건 뭘 먹느냐는 거지."

분명 중요한 것은 무엇을 먹느냐는 거였다. 앨리스는 주변의 꽃과 풀들을 살펴보았지만 이 상황에서 먹거나 마셔도 될 만한 것을 찾을 수 없었다. 근처에 앨리스의 키만큼 자란 커다란 버섯이 있었는데 아래와 뒤를 살피고 나니 위에도 어떤지 봐야겠다는 생각이 들었다. 그래서 발끝으로 서서 버섯 꼭대기를 살피는데 커다랗고 파란 애벌레와 곧장 눈이 마주쳤다. 애벌레는 누구든 자신을 쳐다봐도 개의치 않는다는 표정으로 팔짱을 낀 채 긴 물담뱃대로 조용히 담배를 피우고 있었다.

제5장

애벌레의 조언

*　*　*　*　*

애벌레와 앨리스는 한동안 아무 말 없이 서로를 쳐다보았다. 마침내 애벌레가 입에 물고 있던 담뱃대를 빼고 졸린 듯 나른한 목소리로 말했다.

"넌 누구니?"

대화를 시작하기 좋은 질문은 아니었다. 앨리스는 쭈뼛쭈뼛 대답했다.

"그게, 저도 잘 몰라요. 지금으로서는요. 오늘 아침에 일어났을 때는 제가 누군지 알았는데 그 이후로 여러 번 바뀐 것 같아요."

"그게 무슨 말이지?"

애벌레가 엄하게 다그쳤다.

"네가 누군지 설명해봐!"

"죄송하지만 제가 누군지 설명할 수 없어요, 어르신. 왜냐하면 보시다시피 전 제 자신이 아니니까요."

"도대체 무슨 말인지 원."

"더 정확하게 설명하지 못해서 죄송해요." 앨리스가 아주 예의 바르게 말을 이었다. "저도 잘 몰라서요. 하루 종일 여러 번 다양한 크기로 바뀌는 통에 너무 혼란스러워요."

"그건 아닌 것 같은데."

"아직 겪어보지 못해서 그렇게 생각하실 수도 있어요. 번데기로 변해야 할 때가 오면—언제가 그렇게 되실 테죠—그리고 다시 나비가 되었을 때 좀 이상한 기분을 느끼시지 않을까요?"

"전혀."

"어쩌면 다른 느낌일지도 모르겠네요. 제가 아는 건 저한테는 아주 이상할 거라는 거예요."

"너!" 애벌레가 경멸 섞인 목소리로 외쳤다. "넌 대체 누구지?"

그 질문으로 인해 둘의 대화는 원점으로 되돌아갔다. 앨리스는 애벌레가 아주 짧게 대답하는 것이 좀 짜증나서 몸을 꼿꼿이 세운 뒤 아주 진지하게 말했다.

"제 생각엔 어르신이 누구인지 먼저 말해주셔야 할 것 같아요."

"왜 그래야 하지?" 애벌레가 물었다.

또다시 헷갈리는 질문이 나왔다. 앨리스는 좋은 대답이 떠오르지 않았고 애벌레가 아주 불쾌해 보여서 발길을 돌렸다.

"이리 돌아와!" 애벌레가 그녀를 불렀다. "중요한 할 말이 있어!"

앨리스는 그 소리에 솔깃해져서 다시 애벌레에게로 갔다.

"화를 잘 다스려." 애벌레가 말했다.

"그게 다예요?" 앨리스는 끓어오르는 분노를 최대한 억누르며 대꾸했다.

"아니."

앨리스는 어차피 할 일도 없고 어쩌면 애벌레가 꽤 값진 조언을 해줄지도 모른다고 생각해 기다리기로 했다. 애벌레는 아무 말 없이 한동안 숨만 헐떡이다가 마침내 팔짱을 풀고 다시금 담뱃대를 뱉더니 이렇게 말했다.

"넌 네가 변했다고 생각하는 거지?"

"유감스럽게도 그래요, 어르신. 전에 알던 것도 기억이 안 나고 같은 크기로 채 10분을 버티지 못해요!"

"뭐가 기억이 안 난다는 거야?"

"그게, 〈바쁜 아기 꿀벌〉을 외우고 싶은데 전혀 다른 게 나와요!" 앨리스가 아주 우울한 목소리로 대답했다.

"〈아버지 윌리엄〉을 외워봐." 애벌레가 말했다.

앨리스는 두 손을 모으고 읊기 시작했다.

"아버지, 이제 아버지는 늙으셨어요." 젊은 아들이 말했네.

"백발에도 계속 물구나무를 서시는군요.

그 연세에 괜찮으신가요?"

아버지 윌리엄이 아들에게 대답했네.

"내가 젊었을 때에는

물구나무를 서다 머리를 다칠까 봐 두려웠단다.

하지만 지금은 머리에 든 게 하나도 없으니 서고 또 설 수 있구나."

"아버지, 이제 아버지는 늙으셨어요." 젊은 아들이 말했네.

"전에도 말씀드렸지만 나이가 들어 살이 많이 찌셨죠.

그런데도 집에 들어오실 때마다 뒤로 공중제비를 하시죠.

대체 왜 그러시는 건가요?"

현명한 아버지가 백발을 흩날리며 말했네.

"내가 젊었을 때에는 팔다리가 유연했지.

한 통에 1실링인 이 연고를 썼거든.

너도 한두 통 사보겠니."

"아버지, 이제 아버지는 늙으셨어요." 젊은 아들이 말했네.
"턱이 쇠약해져 비계보다 질긴 건 드시면 안 되잖아요.
그런데도 거위를 뼈와 부리까지 다 씹어 드셨어요.
어떻게 그러신 거죠?"

아버지가 말했네.
"내가 젊었을 때에는 법을 공부해서
네 엄마와 늘 언쟁을 했었지.
그 덕분에 턱에 근력이 생겨
지금까지 버티는구나."

"아버지, 이제 아버지는 늙으셨어요." 젊은 아들이 말했네.

"나이가 들면 시력이 나빠지실 텐데.

여전히 코 위에 장어를 올려놓고 잡으시는군요.

어쩜 그렇게 재주가 좋으신가요?"

아버지가 말했네.

"세 가지 질문에 답했으니 그걸로 만족하거라.

날 위하는 척하지 말고.

이런 소리를 하루 종일 들어줘야 하니?

그만 가봐, 아니면 아래층까지 굴러 떨어지게 걷어차 줄 테니!"

"제대로 읊지 않았어." 애벌레가 말했다.

"완전 정확하다고는 할 수 없겠죠. 단어도 몇 개 바꿨고요." 앨리스가 소심하게 대꾸했다.

"처음부터 끝까지 다 틀렸어." 애벌레가 단호하게 말했고 몇 분간 침묵이 흘렀다.

먼저 입을 연 쪽은 애벌레였다.

"키가 얼마나 되고 싶은데?"

"특별히 키에 집착하는 건 아니에요." 앨리스가 재빨리 대꾸했다. "다만 자꾸 바뀌지 않았으면 좋겠어요."

"난 모르겠는걸." 애벌레가 말했다.

앨리스는 아무 말도 하지 않았다. 살면서 이렇게 모순되는 경우를 경험한 적이 없었고 게다가 인내심의 한계에 다다르는 중이었다.

"지금 키에 만족하니?" 애벌레가 물었다.

"좀 더 커졌으면 좋겠어요, 어르신." 앨리스가 말했다. "8센티미터는 정말 형편없잖아요."

"정말 괜찮은 키거든!"

애벌레가 화를 내며 몸을 똑바로 세웠다(그의 키가 정확히 8센티미터였다).

"하지만 전 이 키에 적응이 안 되는걸요!"

앨리스가 애처로운 목소리로 말했다. 그리고 속으로 생각했다.

'동물들이 쉽게 흥분하지 않았으면 좋으련만!'

"시간이 지나면 적응될 거야."

애벌레가 이렇게 말하고는 다시 담뱃대를 물고 피워댔다.

앨리스는 애벌레가 다시 말을 할 때까지 잠자코 기다렸다. 일이 분쯤 지나자 애벌레가 담뱃대를 입에서 떼고는 한두 번 하품을 하더니 고개를 저었다. 그러고는 버섯 아래로 내려가 풀밭으로 기어가면서 들릴락 말락 한 소리로 말했다.

"한쪽은 널 크게 만들어주고 다른 쪽은 널 작게 만들어줄 거야."

'한쪽은 뭐고, 다른 쪽은 뭐지?' 앨리스가 속으로 생각했다.

"버섯 말이야."

애벌레는 마치 앨리스의 생각을 듣기라도 한 듯 알려주었다. 그러고는 이내 눈앞에서 사라졌다.

앨리스는 잠시 동안 버섯을 쳐다보며 어느 쪽이 두 부분인지 골똘히 생각해보았다. 버섯은 완벽한 원형이라 구분하기 정말 어려웠다. 결국 그녀는 팔을 쭉 펴서 양손에 닿는 끝부분을 조금 떼어냈다.

"자 이제 어느 쪽이 어느 쪽이지?"

앨리스는 혼잣말을 하고 효과를 알아보고자 오른손에 든 버섯을 살짝 베어 물었다. 그러자 곧 턱 아래에 부딪히는 느낌이 들었다. 턱이 발에 닿은 것이다!

앨리스는 이 갑작스런 변화가 두려웠지만 급속도로 줄어들고 있는지라 더 지체할 겨를이 없었다. 그래서 얼른 반대쪽 손에 든 버섯을 먹기로 했다. 하지만 턱이 발에 바짝 붙어 있는 통에 입을 벌릴 수가 없었다. 하지만 결국 해냈고 왼손에 든 작은 버섯 조각을 삼켰다.

*   *   *   *   *
*   *   *   *
*   *   *   *   *

"아, 드디어 머리를 자유자재로 움직일 수 있게 되었어!"

앨리스는 기쁜 목소리로 이렇게 외치다가 이내 어디서도 어깨가 보이지 않자 좋은 일이 아니라는 사실을 알게 되었다. 아래를 내려다보니 목이 엄청나게 길어져서 까마득히 먼 아래로 보이는 풀숲 위로 마치 식물 줄기처럼 삐져나와 있었다.

"저 푸른 잎사귀들은 뭘까?"

앨리스가 자신에게 물었다.

"그리고 내 어깨는 어디 있는 거야? 아, 내 불쌍한 손은 또 어디서 찾는담?"

앨리스는 말을 하면서 팔을 움직여보았지만 멀리 푸른 잎사귀 너머가 살짝 출렁이는 것 말고는 아무것도 보이지 않았다.

손을 머리 위로 가져올 수가 없게 되자 앨리스는 고개를 숙였고 목이 뱀처럼 사방으로 자유롭게 움직인다는 사실에 기뻤다. 그래서 우아하게 지그재그를 그리며 풀숲을 파고들어 살피는데 알고보니 앨리스가 헤매던 숲속 나무들의 꼭대기였다. 그때 나무 바로 아래서 날카롭게 쉬익 하는 소리가 나서 재빨리 고개를 뺐다. 커다란 비둘기가 그녀의 얼굴로 날아와 거세게 날개를 파닥거렸다.

"뱀이야!" 비둘기가 비명을 질렀다.

"난 뱀이 아니야! 그만해!" 앨리스가 분개하며 말했다.

"넌 뱀이잖아!" 비둘기가 한층 누그러진 목소리에 살짝 흐느끼며 이렇게 덧붙였다. "난 최선을 다했지만 아무 소용이 없었어!"

"난 네가 무슨 말을 하는지 전혀 모르겠어." 앨리스가 대답했다.

"나무뿌리에서도, 강둑에서도, 산등성이에서도 해봤어." 비둘기는 아랑곳하지 않고 말을 이었다. "하지만 그 뱀들! 전혀 반갑지 않아!"

앨리스는 점점 더 혼란스러워졌지만 비둘기가 말이 끝나기 전에 대꾸를 해봐야 아무 소용이 없다고 생각했다.

"어디서든 알을 낳으려고 했다고." 비둘기가 말했다. "그렇지만 낮이고 밤이고 뱀까지 감시해야 하다니! 그래서 3주째 한숨도 못자고 있잖아!"

"네가 힘들었다니 유감이야." 앨리스는 그제야 비둘기의 말이 이해되기 시작했다.

비둘기가 거의 비명에 가까울 정도로 목청을 높이며 말을 계속했다.

"제일 높은 나무에 둥지를 틀었으니 드디어 뱀에게서 자유롭다고 생각했는데 하늘에서 내려오다니! 악! 뱀이야!"

"그치만 난 뱀이 아니야. 말했잖아! 나는 저기—, 나는 그러니까—."

"그래서! 네 정체가 뭐야?" 비둘기가 물었다. "거짓으로 둘러대려고 하는 것 같은데!"

"나는— 나는 소녀야."

앨리스는 오늘 하루 자신이 여러 번 바뀐 것이 기억나 사뭇 자신 없는 목소리로 대답했다.

"그럴싸한 핑계야!" 비둘기가 아주 경멸하는 목소리로 말했다. "살면서 착한 소녀들을 많이 봤는데 너 같은 목을 가진 소녀는 한 번도 보지 못했어! 넌 뱀이야. 그건 부정할 수 없는 사실이지. 어디 이번에는 또 알을 한 번도 먹어보지 않았다고 해보시지!"

"난 알을 먹어본 적이 있어." 거짓말을 할 줄 모르는 앨리스가 말했다. "하지만 소녀들도 뱀만큼 알을 좋아하는걸."

"믿을 수 없어." 비둘기가 말했다. "소녀들이 그렇다면 그들도 뱀과 같아. 난 그렇다고 봐."

앨리스는 처음 들어보는 소리라 잠자코 있었더니 비둘기가 말을 덧붙였다.

"넌 알을 찾고 있어. 난 그걸 잘 알아. 그러니 네가 소녀건 뱀이건 무슨 상관이야?"

"난 상관있어." 앨리스가 곧바로 받아쳤다. "하지만 난 지금 알을 찾는 게 아니야. 혹 그렇다고 해도 네 알을 가져가진 않아. 날것은 싫거든."

"그럼, 썩 꺼져!"

비둘기가 샐쭉한 목소리로 말하며 다시 둥지 위에 앉았다. 앨리스는 목이 나뭇가지에 걸리지 않도록 최대한 몸을 웅크렸지만 간간히 멈춰서 가지를 치워야 했다. 그러다 아직 손에 버섯 조각이 남았다는 것이 기억나 아주 조심스럽게 양손에 든 버섯을 번갈아 베어 물었다. 그렇게 커졌다가 작아졌다를 반복하며 평소의 키로 돌아갈 때까지 조절했다.

오랜만에 원래 키로 돌아온 터라 처음에는 기분이 이상했지만 몇 분이 지나니 곧 적응이 되어 평소처럼 자신에게 말을 걸기 시작했다.

"봐, 내 계획의 절반을 이루었어! 키가 자꾸 바뀌어서 얼마나 혼란스러웠는지 원! 매 순간 또 어떻게 바뀔지 결코 예상할 수 없잖아! 그렇지만 난 원래대로 돌아왔어. 이제 아름다운 정원으로 가는 거야. 그게 지금 내가 해야 할 일이겠지?"

이렇게 말을 하는데 갑자기 탁 트인 벌판이 나타났고 120센티미터 정도 되는 작은 집이 눈에 들어왔다.

앨리스는 생각했다.

'누가 저기 살든 이 크기로는 들어갈 수 없어. 나 때문에 그 집 사람들이 놀랄 테니까!'

그래서 앨리스는 오른손에 든 버섯 조각을 다시 베어 물었고 20센티미터 정도로 작아질 때까지 기다렸다가 집으로 향했다.

제6장

돼지와 후추

*　*　*　*　*
*

앨리스가 집 근처를 서성이며 어떻게 할까 생각하는데 갑자기 제복을 입은 하인이 숲속에서 뛰쳐나오더니(앨리스가 그를 하인이라고 생각한 까닭은 제복을 입고 있어서였다. 그의 얼굴만 봤다면 그냥 물고기라고 불렀을 거다) 주먹으로 문을 쾅쾅 두드렸다. 그러자 제복을 입은 또 다른 하인이 문을 열었는데 둥근 얼굴에 커다란 눈동자가 흡사 개구리 같았다. 두 하인 모두 곱슬머리 가발을 썼다. 앨리스는 무슨 일인지 너무 궁금해 숲에서 살짝 벗어나 가까이 다가갔다.

물고기 하인이 자기 덩치만큼 큰 편지를 겨드랑이에서 꺼내 상대에게 건네며 엄숙하게 말했다.

"공작 부인에게 크로케를 하자는 여왕 폐하의 초대장입

니다."

그러자 개구리 하인이 마찬가지로 엄숙한 목소리로 같은 말을 대상만 살짝 바꾸어 반복했다.

"여왕 폐하로부터 공작 부인에게 크로케를 하자는 초대장이군요."

그러더니 둘이 서로 몸을 숙여 인사했고 덕분에 곱슬머리 가발이 한데 엉켰다.

앨리스는 그 모습이 웃겨 웃음을 터트리다가 그들이 들을까 봐 두려워 숲속으로 물러났다. 다시 몰래 살펴보니 물고기 하인은 가고 없었고 개구리 하인만 문 앞 바닥에 앉아 멍하니 하늘을 올려다보는 중이었다.

앨리스는 조심스럽게 문 앞으로 가서 노크했다.

"노크를 해봐야 소용없어." 하인이 말했다. "이유는 두 가지야. 첫째, 내가 이미 나와 있고 둘째, 안이 너무 시끄러워서 노크 소리를 듣지 못하거든."

정말 아주 시끄러운 소리가 흘러나오고 있었다. 울부짖는 소리와 재채기 소리가 끊이지 않고 들렸고 간간히 접시나 주전자 같은 것이 부딪혀 깨지는 소리가 났다.

"그렇다면 전 어떻게 안으로 들어갈 수 있어요?" 앨리스가 물었다.

"누군가 노크를 눈치챌지도 모르지." 하인이 앨리스를 개의치 않고 말을 이었다. "우리가 문을 사이에 두고 있었더라면. 그러니까 네가 안에 있고 노크를 한다면 내가 널 나오게 열어주었겠지."

하인은 말을 하는 내내 하늘만 올려다보았기에 앨리스는 정말 무례하다고 생각했다.

"아마 그는 날 도와주지 못할 거야." 앨리스가 혼잣말을 했다. "눈이 거의 머리 꼭대기에 가 있는걸. 어쨌든 내 질문에는 대답해주겠지."

"어떻게 해야 집 안으로 들어갈 수 있을까요?" 앨리스가 다시 큰 소리로 물었다.

"난 여기 앉아 있을 거야." 하인이 대답했다. "내일까지—."

바로 그때 문이 열리고 커다란 접시가 튀어나와 곧장 하인의 머리 쪽으로 날아갔다. 접시는 하인의 코에 상처를 입히고는 뒤쪽 나무에 부딪혀 산산조각이 났다.

"—아니면 내일모레까지나." 하인은 아무 일도 없었다는 듯 태연하게 말을 이었다.

"어떻게 집 안으로 들어갈 수 있어요?" 앨리스는 더 큰 목소리로 다시 물었다.

"대체 왜 집 안에 들어가려는 거니? 그걸 제일 먼저 생각해야지." 하인이 물었다.

틀린 말은 아니었지만 앨리스는 그 소리가 듣기 싫었다.

"정말 끔찍해." 앨리스가 투덜댔다. "다들 땍땍거리기만 하고. 정말 사람을 미치게 한다니까!"

하인은 같은 말을 살짝 바꿔 대꾸할 좋은 기회라고 여긴 듯했다.

"난 며칠이고 여기 있을 거야."

"그러면 전 어떡해요?" 앨리스가 물었다.

"네 맘대로 해."

하인이 이렇게 말하더니 휘파람을 불기 시작했다.

"이자와 말해봐야 소용없겠어. 완전 머저리야!" 앨리스는 절망에 빠져 투덜거리곤 직접 문을 열고 안으로 들어갔다.

문은 커다란 주방으로 곧장 이어졌는데 그곳은 연기로 자욱했다. 공작 부인이 주방 한가운데 놓인 세 발 의자에 앉아 아기를 보고 있었다. 요리사는 불 앞에서 수프가 가득 들어 있는 커다란 솥을 연신 저었다.

"수프에 후추를 너무 많이 넣은 게 틀림없어!" 앨리스가 재채기를 하며 말했다.

공기 중에도 후추 천지였다. 공작 부인도 간간히 재채기를 했다. 아기는 쉬지 않고 재채기를 하며 울었다. 부엌에서 재채기를 하지 않는 건 요리사와 난롯가에 앉아 함박미소를 짓고 있는 커다란 고양이뿐이었다.

앨리스는 먼저 말을 꺼내도 괜찮은지 확실히 몰라서 살짝 주눅 든 목소리로 물었다.

"저, 부인의 고양이가 저렇게 웃고 있는 까닭이 무엇인지 알려주실 수 있나요?"

"체셔 고양이라 그래. 돼지야!"

공작 부인이 갑자기 거칠게 말을 내뱉자 앨리스는 깜짝

놀랐다. 하지만 이내 그건 자신에게 한 말이 아니라 아기에게 한 것임을 알아 용기를 내 다시 물었다.

"체셔 고양이가 항상 웃는지 몰랐어요. 솔직히 고양이가 웃을 수 있다는 것도 몰랐어요."

"모든 체셔가 그럴 수 있어." 공작 부인이 말했다. "대다수가 그렇게 하고."

"웃고 있는 체셔 고양이를 본 적이 없거든요."

앨리스는 대화를 나누게 된 것이 즐겁다고 느껴져 아주 예의 바르게 대답했다.

"넌 아는 것이 많지 않구나." 공작 부인이 말했다.

앨리스는 그 소리가 듣기 거북해 다른 이야기를 하는 것이 좋겠다고 생각했다. 그러는 동안 요리사가 수프가 든 솥을 불에서 내리고는 손에 잡히는 것들을 닥치는 대로 공작 부인과 아기에게 던지기 시작했다. 제일 먼저 부지깽이가 날아왔고 냄비, 접시, 그릇이 줄을 이었다. 그것들이 몸에 맞아도 공작 부인은 전혀 알아채지 못했다. 아기는 이미 크게 울고 있었기에 날아오는 것에 맞아서 우는 건지 아닌지 분간하기 어려웠다.

"조심 좀 해요!"

앨리스가 겁에 질려 펄쩍펄쩍 뛰며 외쳤다.

"아기의 소중한 코에 맞겠어요!"

그때 아주 커다란 냄비가 날아와 아슬아슬하게 비껴갔다.

"모두가 각자의 일에만 신경 쓴다면, 세상은 더 빠르게 돌아가겠지."

공작 부인이 쉰 목소리로 말했다.

"그렇다고 다 좋은 게 아니에요."

자신의 지식을 조금이나마 뽐낼 기회가 생겨 앨리스는 기뻤다.

"무엇이 낮과 밤을 만드는지 생각해보세요! 지구가 중심축을 도는 데 24시간이 걸리고—."

"도끼♦ 이야기가 나와서 말인데," 공작 부인이 말했다.

♦ 도끼axes와 축axis의 발음이 같은 것을 이용한 언어유희다.

"저 애의 머리를 잘라버려!"

앨리스는 불안한 표정으로 요리사의 눈치를 살폈다. 하지만 요리사는 수프를 젓느라 바빠 그 소리를 듣지 못한 듯했고 앨리스는 말을 이어나갔다.

"24시간인 것 같은데 아니면 12시간인가요? 저는—."

"아, 귀찮게 나한테 묻지 마. 숫자라면 질색이야."

그러더니 공작 부인은 다시 아기를 돌보기 시작했고 자장가 같은 걸 부르며 한 소절이 끝날 때마다 아기를 세게 흔들었다.

"아기를 따끔하게 혼내요.
재채기를 하면 때려주고요.
일부러 그러는 거예요.
그저 어른을 약 올리려고."

후렴
(요리사와 아기가 함께)
"와! 와! 와!"

공작 부인이 2절을 부르면서 아기를 세게 공중으로 던졌다 받았고 불쌍한 아기가 우는 통에 앨리스는 뭐라고 하는지 가사가 잘 들리지 않았다.

"아기를 심하게 혼내요.
재채기를 하면 때려주고요.
아기도 마음만 먹으면
후추를 즐길 수 있어요!"

후렴
"와! 와! 와!"

"자! 아이를 좀 보고 있어." 공작 부인이 앨리스에게 아기를 던져주며 말했다. "난 가서 여왕 폐하와 크로케를 할 채비를 해야 해."

그러고는 서둘러 주방을 나섰다.

요리사는 부인을 향해 프라이팬을 던졌지만 빗맞았다.

아기는 생김새가 특이하고 팔다리를 사방으로 바둥거리는 통에 안고 있기 힘들었다.

'불가사리 같아.'

앨리스는 속으로 이렇게 생각했다. 불쌍한 아기는 증기 엔진을 단 듯 우렁차게 코를 골며 계속 몸을 웅크렸다 폈다 해서 처음에는 그저 안고 있는 것만으로도 벅찼다.

제대로 안는 법을 찾은 뒤(오른쪽 귀를 왼쪽 발로 잡아 매듭처럼 묶어서) 앨리스는 아이를 데리고 밖으로 나왔다.

"이 애를 데리고 나오지 않았다면 하루도 못 가 죽었을 거야. 그냥 내버려 두고 오면 살인죄가 되지 않나?"

앨리스가 마지막 말을 큰 소리로 한 바람에 아기가 반응하듯 칭얼거렸다(이때쯤 재채기는 멎었다).

"징징거리지 마." 앨리스가 말했다. "그건 네 자신을 표현하는 제대로 된 방법이 아니야."

아기는 다시 칭얼거렸고 앨리스는 아주 불안한 마음으로 뭐가 문제인지 아기의 얼굴을 살폈다. 아기는 엄청난 들창코에 입 대신 주둥이가 달렸다. 아기치고 눈동자가 매우 작았다. 그래서 앨리스는 아기의 모습이 전혀 마음에 들지 않았다.

'울고 있어서 그렇게 보이는지도 몰라.'

앨리스는 이렇게 생각하고 다시 눈을 들여다보며 울었는지 살폈다.

하지만 눈물은 보이지 않았다.

앨리스가 진지한 목소리로 말했다.

"네가 돼지로 변한다면 난 더 이상 널 봐줄 수 없어. 알겠니!"

가엾은 아기는 다시 흐느꼈고(혹은 칭얼거렸고, 둘 중 무엇인지 꼭 집어 말할 수 없었다) 둘은 한동안 아무 말도 하지 않았다.

앨리스는 이런 생각이 들었다.

'집에 이 아이를 데려가면 어떻게 해야 하지?'

아이가 다시 심하게 칭얼거리자 앨리스는 심각하게 그 얼굴을 쳐다보았다. 분명했다. 아기가 아니라 새끼 돼지다. 그러니 데리고 다니는 건 터무니없는 일이다.

그래서 앨리스는 새끼 돼지를 바닥에 내려놓았고 돼지가 조용히 숲속으로 사라지는 것을 보니 한결 마음이 놓였다.

"사람으로 자랐다면 엄청 못생긴 아이가 됐겠지. 하지만 돼지치고는 아주 잘생긴 거야."

그리고 자신이 아는 돼지를 닮은 아이들을 떠올려 보고는 또 중얼거렸다.

"그 애들을 돼지로 바꿀 방법을 알면 좋을 텐데—."

그러다 앨리스는 몇 걸음 떨어진 나뭇가지 위에 체셔 고양이가 앉아 있는 걸 보고 살짝 놀랐다.

고양이는 앨리스를 보고 씩 웃었다. 순해 보인다고 그녀는 생각했다. 그래도 아주 긴 발톱과 뾰족한 이빨이 많으니 조심해야겠다고 느꼈다.

"체셔 야옹아."

앨리스는 그렇게 불러도 되는지 몰라서 주눅 든 목소리로 말했다. 하지만 고양이는 더 활짝 미소를 지었다.

'봐, 아직까지는 좋아.'

앨리스는 이렇게 생각하고 말을 이었다.

"여기서 나가려면 어디로 가야 하는지 알려주겠니?"

"네가 어디로 가고 싶은지에 달렸지." 고양이가 대답했다.

"별로 상관없어. 그게 어디든—." 앨리스가 말했다.

"그럼 어느 쪽이든 가도 되잖아."

"—다만 어딘가에 도착할 수 있으면 좋겠어." 앨리스가 덧붙였다.

“좀 많이 걷게 되면 어디든 도착하지.”

앨리스는 그 말을 부정할 수 없어서 다른 질문을 해보았다.

“여긴 어떤 사람들이 살아?”

고양이가 오른발을 들고 알려주었다.

“저쪽으로 가면, 모자 장수가 살아. 그리고….”

이번에는 왼발을 들었다.

"저쪽으로 가면, 3월 토끼가 살아. 어디든 네가 가고 싶은 곳으로 가. 어차피 둘 다 미치광이거든."

"하지만 난 정신 나간 사람과 어울리고 싶지 않아." 앨리스가 항변했다.

"아, 그건 어쩔 수 없어. 여기 사는 우린 다 미쳤거든. 나도 미쳤고 너도 미쳤어." 고양이가 말했다.

"내가 미친 걸 네가 어떻게 알아?" 앨리스가 물었다.

"당연히 너도 그렇겠지." 고양이가 대꾸했다. "그게 아니면 여기 있지 않을 테니까."

앨리스는 고양이의 말이 턱도 없다고 생각했지만 계속 물었다.

"그리고 네가 미친 걸 네가 어떻게 알아?"

"우선," 고양이가 입을 열었다. "개는 미치지 않았어. 그건 너도 알지?"

"그런 것 같아." 앨리스가 대답했다.

"그렇다면, 개는 화가 나면 으르릉거리고 기쁘면 꼬리를 흔든다는 것도 알겠지. 하지만 나는 기쁘면 으르렁거리고 화나면 꼬리를 흔들어. 그러니 난 미친 거야."

"난 고양이는 으르렁거리는 게 아니라 가르릉거린다고 말해." 앨리스가 말했다.

"뭐든 네가 좋을 대로 불러." 고양이가 대답했다. "여왕님이랑 크로케를 할 거야?"

"그랬으면 좋겠지만 아직 초대를 못 받았어."
"그럼 경기장에서 보자."
고양이는 이렇게 말하고는 갑자기 사라졌다.
앨리스는 이런 식의 이상한 일들에 점차 익숙해져서 별로 놀라지 않았다. 고양이가 앉았던 자리를 쳐다보는데 갑자기 고양이가 다시 나타났다.
"말이 나왔으니 말인데, 아기는 어떻게 됐어? 물어보는 걸 깜박했지 뭐야."
"돼지로 변했어."
앨리스는 고양이가 돌아온 것이 아주 자연스럽다는 듯 담담히 대답했다.
"그럴 줄 알았어."
고양이는 이렇게 말하고 다시 사라졌다.
앨리스는 고양이가 다시 나타날지도 모른다는 생각에 잠시 기다렸지만 나타나지 않아서 3월 토끼가 산다는 쪽으로 발걸음을 옮겼다.
"모자 장수는 본 적이 있어." 앨리스가 자신에게 말했다. "3월 토끼♦ 쪽이 훨씬 재미있을 거야. 지금이 5월이니 3월만큼 심하게 미치지 않았을지도 몰라—."
앨리스가 이 말을 하며 고개를 들었는데 머리 위 나뭇가지에 고양이가 앉아 있는 것이 아닌가.

♦ 3월에 번식기인 발정 난 토끼를 말한다.

"돼지라고 했어, 무화과♦라고 했어?" 고양이가 물었다.

"돼지라고 했어." 앨리스가 대답했다. "그리고 그렇게 갑자기 나타났다 사라지는 것 좀 그만둬. 정신 사나우니까."

"알았어."

이번에는 아주 천천히 꼬리부터 사라지면서 마지막을 미소로 장식했고 미소는 고양이가 완전히 사라진 뒤에도 잠시 남아 있었다.

'세상에! 웃지 않는 고양이는 자주 봤지만 웃음만 남기고 사라진 고양이라니! 평생 이런 광경은 처음 봐!'

그리 많이 걷지 않았는데 이내 3월 토끼가 사는 집이 시야에 들어왔다. 굴뚝은 토끼 귀 같고 털로 엮은 지붕이 있어

♦ 무화과 fig와 돼지pig의 발음이 비슷한 것을 이용한 언어유희다.

그 집이 분명하다고 생각했다. 집이 아주 커서 앨리스는 가까이 가기 전에 왼손에 들고 있던 버섯 조각을 조금 깨물어 먹고 몸을 60센티미터 높이로 키웠다. 그러고도 꽤 주눅이 들어 걸어가는 길에 혼잣말을 했다.

"완전 미쳐 날뛰는 토끼라면 어떡하지! 그냥 모자 장수를 보는 게 나을 뻔했어!"

제7장

이상한 티타임

*　　*　　*　　*　　*
*　　*

집 앞 나무 아래에는 커다란 테이블이 놓여 있고 3월 토끼와 모자 장수가 차를 마시는 중이었다. 둘 사이에 겨울잠쥐가 꾸벅꾸벅 졸고 있었는데 그들은 겨울잠쥐를 쿠션 삼아 팔을 기대고 그 머리 너머로 이야기를 주고받았다.

'겨울잠쥐가 아주 불편하겠는걸.' 앨리스가 생각했다. '그래도 자고 있으니 상관없겠지.'

테이블이 아주 컸는데 웬일인지 셋은 한쪽 귀퉁이에 다닥다닥 붙어 앉아 있었다.

3월 토끼와 모자 장수는 앨리스가 오는 걸 보더니 소리치며 말렸다.

"오지 마! 자리가 다 찼어!"

"자리가 이렇게 많잖아요!"

앨리스는 욱해서 쏘아붙이고는 테이블 한쪽 끝 커다란 팔걸이의자에 가서 앉았다.

"와인을 좀 들어." 3월 토끼가 친절하게 말했다.

그런데 테이블 주위를 살폈지만 차 말고는 보이지 않았다.

"와인은 보이지 않는걸요." 앨리스가 대꾸했다.

"그래, 와인은 없어." 3월 토끼가 말했다.

"그런데도 마시라고 하다니 정말 무례하네요." 앨리스가 화를 냈다.

"초대받지 않았는데도 와서 자리를 차지하는 건 정말 무례한 짓이야." 3월 토끼도 지지 않았다.

"이 테이블이 당신 것인지 몰랐어요. 세 명도 넘게 앉을 수 있잖아요." 앨리스가 말했다.

"머리를 좀 잘라야겠는데." 모자 장수가 말했다. 그는 호기심 어린 눈초리로 앨리스를 한동안 살피다 처음 입을 연 것이었다.

"숙녀의 개인적인 부분을 지적하는 건 정말 예의가 없는 행동이에요." 앨리스가 차갑게 대꾸했다.

모자 장수는 그 말에 눈이 휘둥그레졌지만 그냥 이렇게만 말하고 말았다. "까마귀와 책상의 공통점이 뭘까?"

'아, 이제 좀 재밌게 놀아볼까!' 앨리스가 속으로 생각했다.

"수수께끼를 내다니 기뻐요. 제가 그 답을 알 수 있을 것 같아요."

앨리스가 소리 내서 말했다.

"네 말은 네가 정답을 맞출 수 있다는 거야?" 3월 토끼가 물었다.

"맞아요."

"그럼 반드시 네 생각을 말해야 해." 3월 토끼가 말을 이었다.

"그러고 있잖아요." 앨리스가 곧바로 대답했다. "그러니까, 제 말은 그 말이 그 말이라는 거예요."

"뭐가 그 말이 그 말이야!" 모자 장수가 소리쳤다. "차라리 '내가 뭘 먹는지 난 보고 있어'가 '내가 보는 걸 난 먹어'와 같다고 하지!"

"넌 이렇게 말하겠지." 3월 토끼가 거들었다. "'내가 가진 게 좋아'가 '난 좋아하는 걸 가져'와 같다고 하겠지!"

"넌 이렇게도 말하겠지. '난 잘 때 숨을 쉬어'가 '난 숨을 쉴 때 자'와 같다고 하겠지!" 겨울잠쥐가 잠꼬대를 하듯 말했다.

"너한테는 그렇겠지."

모자 장수의 말에 대화가 끊겼다. 그렇게 잠시 모두가 침묵했고 앨리스는 까마귀와 책상 수수께끼의 정답을 떠올려보려고 했지만 생각이 잘 나지 않았다.

"오늘이 며칠이지?"

모자 장수가 침묵을 깨고 앨리스 쪽으로 몸을 돌리며 물었다. 그는 주머니에서 시계를 꺼내 불편한 기색으로 쳐다보더니 간간히 흔들며 귀에 가져갔다.

앨리스는 잠시 생각해보고는 대답했다.

"4일이에요."

"이틀이나 틀리잖아!" 모자 장수가 한숨을 쉬더니 화난 표정으로 3월 토끼에게 소리쳤다. "그래서 내가 버터를 쓰면 안 된다고 했지!"

"그건 최고급 버터였어." 3월 토끼가 시무룩하게 대답했다.

"알아, 하지만 그때 부스러기도 같이 들어간 것이 틀림없어." 모자 장수가 투덜댔다. "네가 빵칼로 시계를 건드리는 게 아니었어."

3월 토끼는 우울한 표정으로 시계를 받았다. 그러고는 시계를 찻잔에 담갔다 꺼내 다시 쳐다보았다. 하지만 처음 한 말보다 더 나은 변명을 찾지 못했다.

"알다시피 그건 최고급 버터였어."

앨리스는 호기심에 그의 어깨너머로 흘끗 시계를 살폈다.

"신기한 시계네요! 며칠인지 날짜는 표시해도 시간은 안 나오다니!"

"시간이 왜 나와야 해? 네 시계는 몇 년인지도 나와?" 모자 장수가 물었다.

"당연히 안 나오죠. 한 해는 아주 기니까 그럴 필요가 없잖아요." 앨리스가 대답했다.

"내 시계도 마찬가지야." 모자 장수가 대답했다.

앨리스는 혼란스러웠다. 모자 장수는 분명 영어로 말하고 있지만 전혀 무의미하게 들렸다.

"전 당신 말을 잘 못 알아듣겠어요." 앨리스는 최대한 예의바르게 대답했다.

"겨울잠쥐가 다시 잠들었어."

모자 장수가 이렇게 말하고는 쥐의 코에 뜨거운 차를 부었다.

쥐는 곧바로 머리를 흔들더니 눈을 감은 채 말했다.

"당연하지, 당연해. 나도 그렇게 말하려고 했어."

"수수께끼의 답은 알아냈어?" 모자 장수가 다시 앨리스를 쳐다보며 물었다.

"아뇨, 포기할래요. 정답이 뭐예요?" 앨리스가 말했다.

"난 전혀 감이 안 와." 모자 장수가 말했다.

"나도 마찬가지야." 3월 토끼가 대꾸했다.

앨리스는 싫증이 나서 한숨을 쉬었다.

"시간을 좀 더 나은 쪽으로 써봐요. 답도 모르는 수수께끼나 내며 낭비하지 말고."

"나처럼 '시간'에 대해 잘 안다면 그것을 낭비한다고 말하지 않을 거야. 그것이 아니라 '그'야."

"무슨 말인지 모르겠어요."

"당연히 모르겠지!" 모자 장수가 거만하게 고개를 저었다. "분명 넌 시간과 한 번도 말을 해본 적이 없겠지!"

"아마 그렇겠죠." 앨리스가 조심스럽게 대답했다. "하지만 음악을 배울 땐 시간을 이겼어요.♦"

♦ 박자를 맞추다beat time를 시간을 이기다로 이해한 상황이다.

"하! 그러면 이해가 가네." 모자 장수가 말했다. "그는 지는 걸 못 견뎌해. 지금부터 시간과 잘 지내면 네가 시곗바늘로 하고 싶어 하는 걸 다 하게 해줄 거야. 아침 9시에 수업이 시작된다고 생각해봐. 시간에게 살짝 속삭여 힌트를 주면 눈 깜짝할 사이에 시곗바늘을 돌려줄 거야! 점심시간인 1시 반으로!"

("그게 내 유일한 바람이야." 3월 토끼가 속삭이듯 혼잣말을 했다.)

"그럼 진짜 굉장하겠어요." 앨리스가 생각에 잠긴 채로 말했다. "하지만 그러면 배가 안 고플 것 같아요."

"처음에는 그렇겠지." 모자 장수가 말했다. "하지만 원하는 만큼 1시 반에 머물면 돼."

"당신은 그렇게 하고 있어요?" 앨리스가 물었다.

모자 장수가 슬프게 고개를 저었다. "난 아니야! 우린 지난 3월에 말다툼을 벌였어—. 그가 미치기 전에(티스푼으로 3월 토끼를 가리키며). 난 하트 여왕님의 근사한 콘서트에서 이 노래를 부르고 있었어."

"반짝반짝 작은 박쥐!
아름답게 비추네!"

"이 노래 알지?"

"비슷한 노래를 들은 적이 있어요." 앨리스가 말했다.

"그다음 소절이 이거잖아." 모자 장수가 말을 이었다.

"서쪽 하늘에서도
동쪽 하늘에서도
반짝반짝—."

그러자 겨울잠쥐가 몸을 흔들며 잠결에 노래를 불렀다.

"반짝, 반짝, 반짝, 반짝—."

그렇게 끝도 없이 반복하자 둘은 그만하라며 겨울잠쥐를 꼬집었다.

“난 첫 소절을 끝내지도 못했어.” 모자 장수가 말했다. “여왕님이 호통을 쳤거든. ‘저자가 시간을 죽이고 있다! 당장 목을 베!’라고.”

“진짜 잔인하군요!”

앨리스가 놀라 외쳤다.

“그때 이후로 시간은 내 부탁을 전혀 안 들어줘. 그래서 항상 6시야.”

모자 장수가 슬픈 목소리로 말했다.

그때 앨리스는 좋은 생각이 떠올랐다.

“그래서 여기에 찻잔이 가득 나와 있는 거예요?”

“맞아.” 모자 장수가 한숨을 쉬었다. “항상 차를 마실 시간이고 잔을 씻을 겨를이 없어.”

“그래서 계속 돌려쓰는 거군요?” 앨리스가 물었다.

“그렇지. 다 쓴 것들이니까.” 모자 장수가 대답했다.

“하지만 다시 처음으로 돌아가지 않나요?” 앨리스가 용기를 내어 물었다.

“다른 이야기를 하자.” 3월 토끼가 하품을 하며 끼어들었다. “듣고 있자니 슬슬 지겨워. 꼬마 아가씨가 재미있는 이야기를 해주면 좋을 텐데.”

“전 아는 이야기가 없어요.” 그 제안에 당황한 앨리스가 대꾸했다.

“그럼 겨울잠쥐가 해야지!”

모자 장수와 3월 토끼가 함께 소리쳤다.

"일어나, 겨울잠쥐야!"

그러더니 둘은 동시에 쥐의 몸 양쪽을 꼬집었다.

겨울잠쥐가 천천히 눈을 떴다.

"난 안 잤어." 쥐가 목이 쉬어 죽어가는 목소리로 말했다. "너희들이 하는 말은 하나도 빼놓지 않고 들었는걸 뭐."

"재미있는 이야기를 해줘!" 3월 토끼가 말했다.

"그래요, 부탁해요!" 앨리스가 간청했다.

"빨리 해. 안 그럼 이야기가 끝나기도 전에 다시 잠들어버릴 거잖아." 모자 장수가 재촉했다.

"옛날에 세 자매가 살았어." 겨울잠쥐가 얼른 이야기를 시작했다. "엘시, 레이시, 틸리라고 불렀지. 그들은 우물 밑바닥에 살았는데—."

"뭘 먹고 살았어요?" 먹고 마시는 부분을 항상 중요하게 여기는 앨리스가 물었다.

"그들은 당밀을 먹고 살았어." 겨울잠쥐가 잠시 생각을 하더니 말했다.

"그러면 안 되잖아요 그걸 먹으면 아픈데." 앨리스가 친절하게 덧붙였다.

"그래, 그랬어." 겨울잠쥐가 말했다. "아주 많이 아팠지."

앨리스는 그렇게 특이하게 사는 삶은 어떨까 상상해보려 했지만 너무 벅차 그냥 이렇게 말했다.

"그런데 왜 세 자매는 우물 밑바닥에 살았나요?"

"차를 좀 더 마셔." 3월 토끼가 진심으로 앨리스에게 권했다.

"전 아직 한 잔도 안 마셨거든요. 그러니 더 마실 차가 없어요." 앨리스가 발끈했다.

"네 말은 덜 마실 수 없다는 거겠지." 모자 장수가 말했다. "안 마시는 것보다 더 마시는 게 훨씬 쉬우니까."

"아무도 당신 의견을 묻지 않았거든요." 앨리스가 말했다.

"지금 자기 의견을 말하는 사람이 누군데?" 모자 장수가 의기양양하게 받아쳤다.

앨리스는 뭐라고 대꾸해야 할지 확신이 안 섰다. 그래서 차를 마시고 버터를 바른 빵을 먹은 뒤에 겨울잠쥐를 쳐다보면서 다시 물었다.

"그런데 왜 세 자매는 우물 밑바닥에 살았나요?"

겨울잠쥐가 다시 깊은 생각에 잠기더니 말했다. "그곳이 당밀 우물이었어."

"그런 건 없어요!"

앨리스가 화가 나 외치니 모자 장수와 3월 토끼가 "조용히 해! 쉿!" 하며 말렸고 겨울잠쥐는 새쭉해져서 말했다.

"계속 무례하게 굴 거면 네가 이야기를 하던가."

"아니에요, 부탁이니 계속해주세요!" 앨리스가 공손하게 부탁했다. "다시는 방해하지 않을게요. 분명 그런 우물이 하나 정도는 있을 거예요."

"그래, 진짜 있어!" 겨울잠쥐가 발끈했지만 이야기를 멈추지는 않았다. "그래서 세 자매는 뽑아내는 기술을 배웠는데—."

"뭘 뽑아요?" 앨리스는 약속한 걸 잊고 또 물었다.

"당밀." 겨울잠쥐가 망설이지 않고 대답했다.

"깨끗한 잔이 필요해." 모자 장수가 끼어들었다.

"한 자리씩 옮기자."

모자 장수는 말을 하면서 그렇게 했고 겨울잠쥐가 뒤따랐다. 3월 토끼가 겨울잠쥐의 자리에 앉았고 앨리스는 어쩔 수 없이 3월 토끼의 자리에 앉았다. 모자 장수가 유일한 수혜자였다. 3월 토끼가 막 차받침에 우유를 쏟은 터라 앨리스는 전보다 상황이 더 나빠졌다.

앨리스는 다시 겨울잠쥐에게 무례하게 굴고 싶지 않아서 조심스럽게 물었다.

"하지만 전 이해가 안 가요. 당밀을 어떻게 뽑아요?"

"우물에서 물을 뽑아내잖아. 그러니 당밀 우물에서 당밀을 뽑아내겠지. 안 그래, 멍청아?" 모자 장수가 쏘아붙였다.

"하지만 세 자매는 우물 속에 살잖아요." 앨리스가 모자 장수의 말을 무시하고 겨울잠쥐에게 말했다.

"물론 그렇지. 우물 안에서." 겨울잠쥐가 말했다.

그 대답은 가엾은 앨리스의 혼란만 가중시켰고 그녀는 한동안 겨울잠쥐가 하는 이야기를 쭉 듣고만 있었다.

"자매는 뽑는 기술을 배웠어." 겨울잠쥐가 잠이 더 많이 오는지 하품을 하며 눈을 비볐다. "그리고 많은 걸 뽑았지. M으로 시작하는 건 전부 다—."

"왜 M으로 시작하는 걸 뽑아요?" 앨리스가 물었다.

"안 될 게 뭐야?" 3월 토끼가 반문했다.

앨리스는 아무 대답도 하지 않았다.

겨울잠쥐가 눈을 감고 졸기 시작하자 모자 장수가 꼬집었고 그는 살짝 비명을 지르며 깨어나 말을 이었다.

"M으로 시작하는 것. 이를 테면 쥐덫mousetraps, 달moon, 기억memory, 많음muchness 등등. '아주 비슷한 것much of muchness'과 같은 말도 있잖아. 비슷함을 뽑아내는 걸 본 적이 있어?"

"지금 저한테 묻는 거예요?" 앨리스가 너무 혼란스러워 되물었다. "글쎄요, 없는 것 같은데—."

"그럼 넌 아무 말도 하지 마." 모자 장수가 말했다.

앨리스는 이렇게 무례한 언사를 참아낼 수 없었다. 그래서 자리에서 일어나 혐오스러워하며 걸음을 옮겼다. 겨울잠쥐는 곧바로 잠이 들었고 나머지 둘은 앨리스의 행동을 개의치 않았다. 그녀는 걸어가면서 혹시나 자신을 다시 불러줄까 살짝 기대하며 한두 번 뒤를 돌아보았다. 마지막으로 돌아보았을 때 둘은 겨울잠쥐를 티포트에 쑤셔 넣으려 하고 있었다.

"어쨌든 난 다시는 저기 가지 않을 거야!" 앨리스가 숲을 지나가며 말했다. "내 평생 그렇게 이상한 티타임은 처음이야!"

그때 몸통에 문이 나 있는 나무 한 그루가 눈에 들어왔다.

'정말 신기한걸!' 그녀는 생각했다. '오늘 하루 종일 신기한 일투성이야. 곧장 저길 들어가봐야겠어.'

앨리스는 문 안으로 들어갔다.

다시금 그녀는 작은 유리 탁자가 놓여 있는 긴 복도로 돌아와 있었다.

"이번에는 선택을 잘 해야지."

앨리스는 이렇게 다짐하고는 작은 황금 열쇠를 들어 정원으로 가는 문을 열었다. 그리고 버섯을 먹으며(주머니에 넣어두었던 것이다) 30센티미터 높이가 될 때까지 키를 줄인 다음 작은 문으로 걸어갔다. 마침내 화려한 꽃들과 멋진 분수가 있는 아름다운 정원으로 들어섰다.

제8장

여왕의 크로케 경기장

*　　*　　*　　*　　*
*　　*　　*

커다란 장미 나무 한 그루가 정원 입구에 서 있었다. 장미는 흰색이었는데 정원사 세 명이 붉은색으로 칠하느라 정신이 없었다. 앨리스는 아주 신기한 광경이라 생각해 자세히 보려고 가까이 다가갔고 그들의 대화가 귀에 들어왔다.

"조심 좀 해, 5번! 나한테 페인트가 튀잖아!"

"나도 어쩔 수 없어." 5번이 샐쭉한 말투로 받아쳤다. "7번이 내 팔꿈치를 쳤단 말이야."

그러자 7번이 고개를 들고 말했다. "그럼 그렇지, 5번! 넌 항상 남 탓을 하지!"

"넌 그 입 좀 다물어야 해!" 5번이 말했다. "어제 여왕님이 네 모가지를 베어버려야 한다고 했던 말 난 기억하거든!"

"무슨 죄로?" 제일 먼저 입을 열었던 자가 물었다.

"네가 상관할 일이 아니야, 2번!" 7번이 소리쳤다.

"그래, 이건 2번의 문제가 아니지!" 5번이 말했다. "내가 알려줄게. 7번이 양파가 아니라 튤립 구근을 요리사에게 갖다줬거든."

7번이 붓을 땅으로 획 던지더니 다시 말을 이었다. "진짜 억울해—."

그때 자신들을 보고 서 있는 앨리스와 눈이 마주치자 7번이 두리번거렸다. 나머지 둘도 주변을 살피더니 다 같이 공손히 인사를 했다.

"왜 장미에 색을 칠하고 있는지 말해주시겠어요?" 앨리스가 조심스럽게 물었다.

5번과 7번은 아무 말도 하지 않고 2번만 쳐다보았다. 2번이 낮은 목소리로 말했다.

"왜냐고 물으신다면, 아가씨가 보시다시피 이곳에는 붉은 장미 나무가 있어야 하는데 실수로 흰 장미를 심었고 여왕님이 그 사실을 아시면 저희 목이 달아납니다. 그래서 말이죠, 아가씨, 저희는 최선을 다하고 있습니다. 여왕님이 보시기 전에—."

바로 그때 불안한 얼굴로 정원을 살피던 5번이 소리쳤다.

"여왕님이야! 여왕님이 오셨어!"

그리고 정원사 세 명이 곧바로 바닥에 넙죽 엎드렸다. 수많은 발자국 소리가 들렸고 여왕의 모습이 궁금한 앨리스가 돌아보았다.

처음에는 곤봉을 든 병사 열 명이 입장했다. 그들은 모두 정원사 셋처럼 길쭉하고 납작한 몸에 손과 발이 네 귀퉁이에 달렸다. 그다음으로 신하 열 명이 따랐다. 그들은 다이아몬드 카드로 병사들처럼 둘씩 짝을 지어 걸었다. 그 뒤로 왕가의 아이들이 지나갔다. 하트 카드인 열 명의 아이들은 둘씩 손을 잡고 발랄하게 뛰었다. 다음으로 대부분이 왕과 여왕인 손님들이 지나갔고 앨리스는 그들과 함께 온 흰 토끼를 보았다. 토끼는 초조하고 불안하게 이야기를 나누었고 듣는 말마다 미소로 화답하느라 바빠 앨리스를 보지 못하고 지나갔다. 그리고 하트 잭이 진홍색 벨벳 쿠션 위에 올린 왕관을 들고 따랐다. 이 웅장한 행렬의 마지막에 하트 왕과 여왕이 모습을 드러냈다.

앨리스는 정원사 세 명처럼 바닥에 납작 엎드려야 하는지 확신이 서지 않았고 행차에 그런 규칙이 있다는 소리를 들어본 기억도 없었다.

'게다가, 이 행차가 무슨 소용이야.' 앨리스가 생각했다. '사람들이 모두 얼굴을 바닥에 엎드리고 있으면 행차를 볼 수 없잖아?'

그래서 앨리스는 그 자리에 가만히 서서 기다렸다.

행렬이 앨리스 앞까지 오자 모두가 멈추더니 그녀를 쳐다보았고 여왕이 근엄한 목소리로 말했다.

"저건 누구지?"

여왕이 잭에게 묻자 그는 대답 대신 인사를 하고 미소만 지었다.

"멍청이!"

여왕은 성질이 나는 듯 고개를 저었다. 그러고는 앨리스를 쳐다보며 말했다.

"네 이름이 무엇이니, 꼬마 아가씨?"

"전 앨리스라고 합니다. 여왕 폐하."

앨리스가 예의를 갖추어 말했다. 하지만 속으로 이렇게 생각했다.

'그저 카드일 뿐인걸 뭐. 절대 두려워할 필요가 없어!'

"그리고 이자들은 또 누구지?"

여왕이 장미 나무 근처에 엎드려 있는 정원사 세 명을 가리켰다. 알다시피 그들은 바닥을 쳐다보고 있었고 등의 무늬가 나머지 사람들과 같아서 그들이 정원사인지, 군인인지, 신하인지, 여왕의 세 자녀인지 알 수 없었다.

"제가 어떻게 알아요?" 앨리스가 자기도 모르게 불쑥 본심을 말해버렸다. "그건 제 소관이 아닙니다."

이 말에 여왕은 화가 나 얼굴이 빨개져서는 한동안 앨리스를 야수처럼 노려보더니 고함을 질렀다.

"저 애의 목을 베! 목을—."

"말도 안 돼요!"

앨리스가 단호하게 소리치자 여왕이 조용해졌다.

왕이 여왕의 팔에 손을 얹더니 작게 말했다.

"여보, 고작 어린아이잖소."

여왕은 화를 내며 남편에게서 등을 지고는 잭에게 말했다.

"저자들을 뒤집어라!"

잭이 조심스럽게 한발로 그렇게 했다.

"자리에서 일어나!"

여왕이 큰 소리로 외쳤고 세 정원사는 벌떡 일어나 왕과 왕비, 왕가의 아이들과 나머지 사람들에게 인사를 하기 시작했다.

"그만둬! 정신 사나워!" 여왕이 소리를 지르더니 장미 나무를 쳐다보더니 말을 이었다. "여기서 뭘 하고 있었지?"

"여왕 폐하께 고합니다," 2번이 아주 겸손한 목소리로 한 쪽 무릎을 구부린 채 말했다. "저희는—."

"난 알겠어!" 장미를 살피던 여왕이 외쳤다. "저들의 목을 베!"

그리고 행차가 계속되었고 병사 세 명이 불쌍한 정원사를 처형하기 위해 남았다. 정원사들은 앨리스를 향해 뛰어와 도움을 요청했다.

"머리가 잘려선 안 돼요!"

앨리스가 그들을 근처에 놓여 있던 커다란 화분 속에 집어넣었다. 병사 셋은 한동안 정원사들을 찾다가 조용히 행차를 따랐다.

"머리를 베었느냐?" 여왕이 소리쳤다.

"머리는 사라졌습니다. 여왕 폐하!" 병사들이 큰 소리로 외쳤다.

"잘됐구나!" 여왕이 소리쳤다. "넌 크로케를 할 줄 아니?"

병사들은 그 질문이 분명 앨리스에게 한 것이라고 생각해 아무 말 없이 그녀를 쳐다보았다.

"네!" 앨리스가 외쳤다.

"그럼 이리 오거라!"

여왕이 소리치자 앨리스는 다음에 벌어질 일을 궁금해하며 행차에 동참했다.

"오— 오늘은 날이 아주 좋아!"

옆에서 주눅 든 목소리가 들렸다. 앨리스는 불안한 기색으로 자신을 살피는 흰 토끼와 나란히 걸었다.

"아주 좋네요. 그런데 공작 부인은 어디 있어요?"

"쉿! 조용히 해!"

토끼가 다급하게 목소리를 낮추었다. 그는 어깨너머로 주위를 살핀 뒤 발끝으로 서서 앨리스의 귀에 대고 속삭였다.

"부인은 처형을 선고받았어."

"뭣 때문에요?" 앨리스가 물었다.

"지금 '안됐다'고 말한 거야?" 토끼가 물었다.

"아니요. 전혀 안됐다고 생각하지 않아요. '뭣 때문에?'라고 물었어요."

"부인이 여왕님의 뺨을 때렸거든—."

토끼의 말에 앨리스는 살짝 킥킥거렸다.

"쉿, 조용히 해!" 토끼가 겁먹은 목소리로 속삭였다. "여왕님이 듣겠어! 공작 부인이 꽤 늦게 왔고 그래서 여왕님이—."

"각자 위치로!"

여왕이 천둥처럼 우렁차게 외치자 모두 우왕좌왕하면서 일제히 사방으로 흩어졌다. 그러나 이내 자리를 잡았고 경기가 시작되었다.

앨리스는 평생 그렇게 신기한 크로케 경기장은 처음 보았다. 바닥은 온통 울퉁불퉁 이랑과 고랑 천지에 크로케 공은 살아 있는 고슴도치고 채는 살아 있는 플라밍고인 데다 군인들이 몸을 구부려 손과 발로 골대를 만들었다.

앨리스는 플라밍고 채를 다루는 데 애를 먹었다. 새의 몸통을 팔 옆에 끼고 다리를 뒤쪽으로 늘어뜨리고 목을 똑바로 세우는 것까지는 좋았지만 고슴도치 공을 치려고 할 때마다 플라밍고가 고개를 돌려 혼란스러운 얼굴로 그녀를 쳐다보는 통에 웃음을 참을 수가 없었다. 게다가 다시 목을 숙여서 공을 치려고 하면 고슴도치가 감은 몸을 펴고 기어가 버리는 상황이 되었다. 그밖에도 어디로 공을 쳐도 산등성이와 고랑을 만나는 데다 골대 역할을 하던 병사들이 다른 곳으로 가버리곤 해 경기가 쉽지 않았다.

모두가 자기 차례를 기다리지 않고 동시에 경기를 하며 고슴도치 공을 차지하려고 계속 말다툼을 벌였다. 그리고 얼마 못 가 여왕이 크게 화를 내며 발을 쿵쿵거리며 1분에 한 번씩 이렇게 외쳤다.

"이자의 목을 베!"

"저자의 목을 베!"

앨리스는 점점 걱정이 되었다. 아직까지는 여왕과 어떤 언쟁도 벌이지 않았지만 언제고 그렇게 될 수 있다는 걸 알기 때문이다.

앨리스는 생각했다.

'난 어떻게 될까? 여긴 사람 목을 베는 걸 너무 좋아하잖아. 아직 살아 있는 사람이 있다는 게 놀라워!'

앨리스가 들키지 않고 탈출할 길을 찾아보는데 하늘에서 신기한 뭔가가 눈에 들어왔다. 처음에는 무엇인지 알 수 없었지만 계속 지켜보니 정체가 드러났고 앨리스는 혼잣말을 했다.

"체셔 고양이구나. 이제 말할 상대가 생겼네."

"잘하고 있어?"

입이 나타나자마자 고양이가 물었다.

앨리스는 눈이 나타날 때까지 기다렸다가 고개를 끄덕였다.

'말로 해봐야 소용없어. 귀가 나오기 전까지는. 적어도 한 쪽이라도 나와야지.'

그리고 조금 있다 완전히 머리가 드러나자 앨리스는 플라밍고를 내려놓고 자신의 말을 들어줄 누군가가 있다는 것에 신이 나 경기 이야기를 했다. 고양이는 그 정도만 보여도 된다고 생각했는지 더 이상 몸이 드러나지 않았다.

"이 경기는 정정당당한 시합이 아니야." 앨리스가 불평했다. "모두가 큰 소리로 싸우느라 바빠서 뭐라고 하는지 들리지도 않고 특별히 경기 규칙이 있는 것 같지도 않아. 아니면 규칙이 있어도 아무도 안 지키거나. 그리고 모든 도구가 살아서 움직이니 얼마나 정신이 없는지 원. 골대가 경기장 반대쪽 끝으로 가고 있어. 여왕님의 고슴도치 공을 쳐야 하는데 내가 오는 걸 보고 고슴도치가 계속 도망가!"

"여왕님은 마음에 들어?" 고양이가 낮은 목소리로 물었다.

"전혀." 앨리스가 대답했다. "여왕님은 아주 많이—."

바로 그때 앨리스는 여왕이 자신의 바로 뒤에서 듣고 있다는 것을 알았다. 그래서 이렇게 말했다.

"이길 확률이 높아. 굳이 경기를 마칠 필요가 없을 것 같아."

여왕은 그 소리를 듣고 미소를 짓더니 지나쳤다.

"지금 누구와 이야기를 하는 거냐?" 왕이 앨리스에게 다가와 흥미로운 눈길로 고양이의 머리를 쳐다보았다.

"제 친구, 체셔 고양이에요. 소개해 드릴게요." 앨리스가 대답했다.

"생긴 게 전혀 마음에 안 들어." 왕이 말했다. "그렇지만 원한다면 내 손에 입을 맞춰도 좋아."

"그러지 않겠어요." 고양이가 대답했다.

"무례하구나. 그리고 그런 식으로 날 쳐다보지 마!"

왕은 이렇게 말한 뒤 앨리스 뒤로 숨었다.

"고양이도 왕을 쳐다볼 수 있어요. 어디서 봤는지 기억이 안 나지만 책에서 읽었어요." 앨리스가 말했다.

"저건 없애버려야 해." 왕이 단호하게 말하고는 때마침 지나가던 여왕을 불렀다. "여보! 이 고양이를 좀 없애버려요!"

여왕은 크건 작건 모든 문제를 한 가지 방법으로만 해결했다.

"저자의 목을 쳐라!" 그녀는 쳐다보지도 않고 그렇게 소리쳤다.

"내가 사형 집행인을 불러 오겠소." 왕이 기대에 차 이렇게 말하고는 서둘러 자리를 떴다.

앨리스도 이만 돌아가 크로케 경기가 어떻게 되는지 봐야겠다고 생각하는 찰나 멀리서 여왕의 비명이 들렸다. 차례를 놓쳤다는 이유로 세 명이나 목이 날아가게 생겼다. 그런 광경을 보기도 싫을 뿐더러 경기도 뒤죽박죽이라 언제 자신의 차례인지 전혀 알 수 없기에 앨리스는 자신의 고슴도치를 찾아보기로 했다.

마침 앨리스의 고슴도치가 다른 고슴도치와 싸우고 있기에 둘 중 한 마리를 칠 수 있는 절호의 기회였다. 다만 그녀의 플라밍고가 경기장 반대편으로 가 나무 위로 날아오르려고 계속 파닥거리는 것이 문제지만.

앨리스가 플라밍고를 붙잡아 돌아오니 고슴도치의 싸움은 끝났고 둘 다 사라지고 없었다.

'하지만 상관없어.' 앨리스는 생각했다. '이쪽에 있던 골대도 전부 다 사라졌는걸.'

그래서 앨리스는 플라밍고가 도망치지 못하게 옆구리에 꽉 낀 다음 체셔 고양이와 좀 더 이야기를 나누려고 돌아갔다.

앨리스는 체셔 고양이 주위로 엄청나게 사람들이 모여 있는 광경에 놀랐다. 사형 집행인, 왕, 여왕이 논쟁을 벌이고 있었는데 모두가 동시에 말을 하고 나머지 사람들은 조용히 불편한 기색으로 쳐다보았다.

앨리스가 나타나자 세 사람은 모든 질문을 그녀가 해결해줄 거라 여겼는지 했던 주장들을 다시 반복했는데 모두가 동시에 말을 하는 통에 뭐라고 하는지 알아들을 수 없었다.

사형 집행인은 몸통이 없으면 머리를 잘라낼 수 없다고 주장했다. 그는 한 번도 그런 집행을 해본 적이 없으며 살면서 그런 일은 전혀 없을 거라고 말했다.

왕은 머리가 있는 것이면 무엇이든 벨 수 있으니 집행인의 말은 터무니없는 소리라고 주장했다.

여왕은 지금 당장 실행하지 않으면 모두를 처형해버리겠다고 소리쳤다. (이 말 때문에 나머지 사람들이 불안에 떨었다.)

앨리스는 한 가지 생각밖에 나지 않아 이렇게 말했다.

"고양이는 공작 부인의 소유에요. 공작 부인에게 물어보세요."

여왕이 사형 집행인에게 말했다. "부인은 감옥에 있어. 당장 이리 데려와."

그러자 집행인이 쏜살같이 뛰어갔다.

사형 집행인이 사라지자 고양이의 머리도 점차 흐려지더니 그가 공작 부인을 데리고 왔을 무렵 완전히 사라져버렸다. 그래서 왕과 사형 집행인은 고양이를 찾아 이리저리 뛰었고 그러는 동안 나머지 사람들은 다시 크로케를 하러 갔다.

제9장

가짜 거북이의 이야기

*　*　*　*　*

*　*　*　*

"널 다시 보니 얼마나 반가운지 모르겠어, 이 귀여운 꼬맹이!"

공작 부인이 다정하게 앨리스와 팔짱을 끼고 걸으며 말했다.

앨리스는 부인의 기분이 좋은 것을 보고 다행이라고 여겼고 주방에서 그렇게 야만적으로 군 건 그저 후추 때문일 거라고 추측했다.

"내가 공작 부인이라면," 앨리스가 혼잣말을 했다(물론 크게 기대한 건 아니지만). "절대 주방에서 후추를 쓰지 않을 거야. 후추가 없어도 수프 맛은 좋으니까. 어쩌면 사람들을 성질나게 만드는 게 후추인지도 몰라."

그녀는 새로운 규칙을 찾은 것이 아주 즐겁다는 듯 말을 이었다.

"식초는 사람을 시큰둥하게 하고 캐모마일은 사람을 쌀쌀맞게 해. 그리고 엿은 아이들을 다정하게 만들지. 사람들이 그 점을 알았으면 좋겠어. 그러면 엿을 주는 데 인색하게 굴지 않을 텐데."

앨리스는 이런 생각을 하느라 부인의 말을 듣고 있지 않았는데 갑자기 그녀의 목소리가 귓가에 바짝 들리자 살짝 놀랐다.

"넌 딴생각을 하고 있구나. 그래서 말수가 없네. 지금 당장은 마땅한 교훈이 떠오르지 않지만 금방 생각이 날 거야."

"교훈이 없을 수도 있어요." 앨리스가 과감하게 말했다.

"쯧쯧, 꼬맹이! 모든 일에는 교훈이 있단다. 네가 못 찾아서 그렇지." 부인은 앨리스를 한층 더 꽉 붙잡으며 말을 이었다.

앨리스는 부인이 그렇게 가까이 붙어 있는 것이 좋지 않았다. 첫째는 부인이 아주 못생겨서고, 둘째는 부인의 턱이 앨리스의 어깨 높이와 딱 맞았기에 날카로운 턱이 닿는 것이 불편해서다. 그렇지만 무례하게 굴 수 없기에 최대한 참았다.

"이제 경기가 좀 제대로 돌아가는 것 같아요." 앨리스는 대화를 이어가려고 이렇게 말했다.

"그러니." 부인이 대답했다. "그것의 교훈은 이거야. '아, 사랑이여, 사랑이 세상을 움직이는 원동력이다!'"

"모두가 각자의 일에만 신경 쓴다면 세상은 더 빠르게 돌아간다고 누군가 말했는데요." 앨리스가 속삭였다.

"아, 그래! 다 같은 소리야." 공작 부인이 날카로운 턱을 앨리스의 어깨에 파묻으며 덧붙였다. "그리고 그것의 교훈은 '감각을 소중히 하면 소리는 알아서 보살핀다'는 거야."

'모든 일에서 교훈을 찾는 데 아주 열성인걸!' 앨리스가 속으로 생각했다.

"내가 왜 네 허리를 팔로 감싸지 않는지 궁금하겠지." 잠시 말을 멈췄던 공작 부인이 이렇게 말했다. "그 이유는 네 플라밍고의 성질이 어떤지 몰라서야. 한번 시험해볼까?"

"물지도 몰라요."

앨리스는 실제로 플라밍고가 물지도 모른다는 걱정은 전혀 하지 않았지만 조심스럽게 대답했다.

"그럴 가능성이 크지. 플라밍고와 겨자는 둘 다 얼얼해♦. 그것의 교훈은 '유유상종'이야."

"겨자는 새가 아니에요." 앨리스가 말했다.

"언제나처럼 넌 사물을 정확히 분류하는구나!"

"제가 알기론 그건 광물이죠."

"물론이야."

부인은 앨리스가 하는 모든 말에 다 동의하기로 한 듯싶었다.

"이 근방에 커다란 겨자 광산이 있어. 그것의 교훈은 이래. '내 것♦♦이 많으면 남의 것은 적다.'"

"아, 알았어요!" 부인의 말을 제대로 듣지 않고 앨리스가 소

♦ 물다라는 의미의 단어 bite에는 얼얼하다는 의미도 있다.
♦♦ 광산을 의미하는 단어 mine에는 내 것이라는 의미도 있다.

리쳤다. "겨자는 채소에요. 그렇게 보이지 않지만 사실이죠."

"네 말에 동의한단다." 부인이 말했다. "그리고 그 말의 교훈은 '남들이 기대하는 사람이 되라'야. 좀 더 간단히 말하자면, '자신을 다른 사람이 생각하는 모습이 아니라고 생각하지 않아야 한다. 그들에게 그런 식으로 비춰지는 것이 아니라면'이라고 할 수 있어."

"그 말을 받아 적었더라면 제가 더 잘 이해할 수 있을 텐데요. 지금으로서는 무슨 말씀이신지 제대로 못 알아듣겠어요." 앨리스가 매우 정중하게 말했다.

"원한다면 그렇게 해줄 수 있어." 부인이 아주 기쁜 목소리로 대답했다.

"더는 수고하지 않으셔도 돼요." 앨리스가 말했다.

"수고라니! 내가 했던 모든 말들을 다 너에게 선물로 줄게." 부인이 외쳤다.

'싸구려 선물이겠지! 그런 걸 생일 선물로 받지 않아서 참으로 다행이야!'

앨리스가 생각했지만 차마 이 말을 입 밖으로 꺼낼 수 없었다.

"또 생각에 잠겼니?" 공작 부인이 다시 날카로운 턱으로 파고들며 물었다.

"저도 생각할 권리가 있어요." 앨리스는 예민하게 반응하고는 살짝 걱정이 되었다.

부인이 말했다. "그래 그렇지. 돼지가 날 권리가 있듯이.

그리고 그것의 교—."

공작 부인이 그렇게 좋아하는 '교훈' 이야기를 하는 와중에 갑자기 말이 끊어졌고 앨리스를 잡고 있던 부인의 팔이 떨리기 시작했다. 고개를 들어 보니 여왕이 그들 앞에 팔짱을 끼고 인상을 잔뜩 찌푸린 채 서 있었다.

"날씨가 참 좋습니다, 여왕 폐하!" 공작 부인이 기어들어가는 목소리로 말했다.

"경고하겠는데 네 몸뚱이나 머리 중 하나는 없어져야 해. 지금 당장! 어서 골라!" 여왕이 발을 쿵쾅거리며 말했다.

공작 부인은 황급히 자리를 떴다.

"자, 경기를 계속해야지."

여왕이 앨리스에게 말했고 앨리스는 너무 무서워 한마디도 할 수 없었지만 천천히 여왕을 따라 다시 크로케 경기장에 들어섰다.

모두가 여왕이 없는 틈을 타 그늘에서 쉬고 있었다. 그들은 여왕을 본 즉시 다시 경기에 나섰고 여왕은 조금이라도 지체했다간 목을 베어버리겠다고 으름장을 놓았다.

경기를 하는 내내 여왕은 다른 사람들과 말다툼을 벌이며 '이자의 목을 베!' 아니면 '저자의 목을 베!'라고 소리를 질렀다. 그 대상자들은 병사에게 붙잡혀 감옥으로 보내졌고 골대를 만들고 있던 병사들이 그 역할을 했기에 30분 정도 지나자 더 이상 남은 골대가 없었다. 왕, 여왕, 앨리스를 제외한 모두가 처형을 언도받고 감옥에 들어갔다.

그러자 여왕이 가쁜 숨을 내쉬며 앨리스에게 말했다.

"가짜 거북이를 본 적이 있니?"

"아뇨. 전 가짜 거북이가 무엇인지도 모르는걸요." 앨리스가 대답했다.

"가짜 거북이 수프♦의 재료야."

"본 적도, 들은 적도 없어요."

"자, 이리 따라오렴. 가짜 거북이가 너에게 자신의 이야기를 들려줄 거야."

둘이 함께 걸어가면서 앨리스는 왕이 낮은 목소리로 모두에게 이렇게 말하는 소리를 들었다.

"너희를 사면하노라."

"아, 그것 참 잘됐어!"

앨리스는 여왕이 너무 많은 사람에게 사형 선고를 내린 것이 마음이 아팠던 터라 혼자 이렇게 외쳤다.

여왕과 앨리스는 이내 햇살 아래 잠들어 있는 그리핀을 만났다. (그리핀이 뭔지 모르면 다음 페이지의 그림을 보라.)

"일어나, 이 게으름뱅이야!" 여왕이 소리쳤다. "이 꼬마 아가씨를 데리고 가서 가짜 거북이를 보여주고 그에게 이야기를 들려주라고 해. 난 돌아가서 처형이 어떻게 되어가는지 살펴야겠구나."

여왕은 앨리스를 그리핀과 놔둔 채 자리를 떴다. 그녀는

♦ 가짜 거북이 수프 Mock Turtle Soup는 거북이가 아닌 송아지 머리를 재료로 만든 수프다.

이 생명체의 모습이 그다지 마음에 들지 않았지만 야만적인 여왕을 따라다니는 것보다는 안전하다는 생각이 들었다. 그래서 가만히 기다렸다.

그리핀은 자리에서 일어나 앉더니 눈을 비비며 여왕이 시야에서 사라질 때까지 지켜보았다. 그러고는 너털웃음을 터트렸다.

"진짜 우스워!" 반은 혼잣말, 반은 앨리스에게 하듯 그리핀이 말했다.

"뭐가 우스운데요?"

"뭐긴, 여왕이지. 다 여왕이 혼자 상상하는 거야. 아무도 누굴 처형하지 않아. 이리 와!"

'여긴 다들 '이리 와'를 많이 쓰는구나.' 앨리스는 그리핀을 천천히 뒤따르며 생각했다. '내 평생 이렇게 많은 명령을 받아보긴 처음이야!'

얼마 가지 않아 멀리 가짜 거북이가 보였고 가까이 다가가니 거북이는 홀로 슬프고 처량하게 작은 바위 위에 앉아 상심에 잠겨 한숨을 쉬었다. 앨리스는 거북이가 너무 안쓰러워 그리핀에게 물었다.

"왜 저렇게 슬퍼하는 거예요?"

그리핀은 전과 똑같이 대답했다. "자기 혼자 상상하는 거야. 어떤 슬픔도 없어. 이리 와!"

그들은 가짜 거북이에게 다가갔다. 거북이는 눈물을 글썽일 뿐 아무 말도 하지 않았다.

"여기 있는 꼬마 숙녀가 네 이야기를 듣고 싶어 해." 그리핀이 말했다.

"내가 들려줄게." 가짜 거북이가 슬프고 공허한 목소리로 대답했다. "둘 다 여기 앉아. 그리고 내 이야기가 끝나기 전까지 아무 말도 하지 마."

그래서 둘은 자리에 앉았고 한동안 아무 말도 하지 않았다. 앨리스는 생각했다.

'시작도 안 하니 언제 끝날지 전혀 감이 안 잡히는걸.'

하지만 묵묵히 기다렸다.

"한때," 마침내 가짜 거북이가 길게 한숨을 내쉬며 입을 열었다. "난 진짜 거북이었어."

그 이후로 아주 긴 침묵이 이어졌고 간간히 그리핀이 '하악!' 하고 목을 푸는 소리와 가짜 거북이의 흐느끼는 소리만 들렸다. 앨리스는 조심스럽게 자리에서 일어나 '흥미로운 이야기를 들려주셔서 감사합니다'라고 인사하고 가고 싶었지만 분명 더 많은 이야기가 나올 거라는 생각에 가만히 앉아서 아무 말도 하지 않았다.

"내가 어릴 적에," 가짜 거북이는 한층 침착한 목소리로 말을 꺼냈지만 여전히 간간히 흐느꼈다. "바다에 있는 학교에 갔어. 스승님은 나이가 지긋하신 바다거북이었지. 우린 그를 땅거북 선생님라고 불렀는데—."

"땅거북이 아닌데 왜 그분을 그렇게 불렀어요?" 앨리스가 물었다.

"우리를 가르쳐주셨으니까♦. 넌 정말 생각이 없구나!" 가짜 거북이가 화를 내며 말했다.

"그런 바보 같은 질문을 하다니 부끄러운 줄 알아."

그리핀도 거들었다. 그리고 둘은 입을 다물고 가엾은 앨

♦ 땅거북tortoise과 우리를 가르쳤다taught us의 발음이 비슷한 것을 이용한 언어유희다.

리스를 쳐다보았고 앨리스는 너무 부끄러워 땅으로 꺼지고 싶었다. 이내 그리핀이 가짜 거북이에게 말했다.

"계속해, 친구! 하루 종일 끌지 말고!"

"알았어. 우린 바다에 있는 학교에 갔고 넌 믿지 못하겠지만—."

"전 그런 말을 한 적이 없어요!" 앨리스가 말을 끊었다.

"네가 그랬어." 가짜 거북이가 말했다.

"입 좀 다물어!"

앨리스가 뭐라고 대꾸하기 전에 그리핀이 소리쳤다. 가짜 거북이가 말을 계속했다.

"우리는 최고의 교육을 받았어. 솔직히 우린 매일 학교에 갔고—."

"저 역시 매일 학교에 가요. 그걸 그렇게 자랑스러워할 필요는 없어요." 앨리스가 말했다.

"방과 후 수업도 했어?" 가짜 거북이가 살짝 불안한 목소리로 물었다.

"물론이죠. 우린 프랑스어랑 음악을 배워요." 앨리스가 대답했다.

"빨래는?" 가짜 거북이가 물었다.

"당연히 안 배워요!" 앨리스가 곧바로 쏘붙였다.

"아! 그렇다면 너희 학교는 진짜 좋은 곳이 아니야." 가짜 거북이가 안심한 듯 말했다. "우리 학교의 등록금 고지서를 보면 '프랑스어, 음악, 빨래—방과 후 과목'이라고 적혀 있어."

"바다에 사니 별로 빨래할 일이 없을 것 같은데요." 앨리스가 말했다.

"난 형편이 안 됐어." 가짜 거북이가 한숨을 쉬었다. "그래서 정규 수업만 들었지."

"그게 뭐였어요?" 앨리스가 물었다.

"당연히 처음엔 비틀거리기와 몸부림치기지." 가짜 거북이가 대답했다.

"그다음에는 다양한 산수를 배워. 야망, 산만, 추화, 조롱 말이야."

"'추화'는 처음 들어봐요. 그게 뭐예요?" 앨리스가 물었다.

그리핀이 놀라서 두 발을 들며 외쳤다. "추화를 못 들어봤다고! 미화는 들어봤겠지?"

"네." 앨리스가 미심쩍게 대답했다. "그건, 그러니까 뭔가를 아름답게 만드는 거죠."

"맞아." 그리핀이 말했다. "그러니 추화를 모른다면 넌 얼간이야."

앨리스는 더 이상 질문을 할 기분이 아니어서 가짜 거북이를 보고 이렇게 말했다. "그것 말고 또 뭘 배웠어요?"

"불가사의가 있었단다." 가짜 거북이가 손을 파닥이며 과목을 셌다. "고대와 현대의 불가사의, 바다지리학 그리고 느림을 배웠어. 느림을 가르치는 선생님은 나이가 지긋한 붕장어였는데 일주일에 한 번 오셨어. 그가 우리에게 느리게 움직이기, 스트레칭, 몸을 꼬며 기절하기를 가르쳐주셨어."

"그건 어떤 수업이에요?"

"이제 몸이 많이 굳어서 내가 직접 보여줄 순 없어. 그리고 그리핀은 배운 적이 없고." 가짜 거북이가 말했다.

"난 시간이 없었어." 그리핀이 입을 열었다. "내 스승님은 고전 전문이셨어. 그분은 나이가 지긋하신 게 선생님이셨지."

"난 한 번도 게 선생님에게 배우지 못했어." 가짜 거북이가 한숨을 쉬었다. "웃음과 슬픔을 가르치셨다고 들었어."

"그랬지. 그랬어."

이번에는 그리핀이 한숨을 쉬었고 둘 다 앞발로 얼굴을 가렸다.

"하루에 몇 시간 수업을 했어요?" 앨리스가 화제를 돌리려고 재빨리 말했다.

"첫째 날은 10시간. 둘째 날은 9시간 그런 순으로." 가짜 거북이가 대답했다.

"와 신기한 방식이네요!" 앨리스가 외쳤다.

"그래서 수업이라고 부르는 거야. 날마다 줄어드니까♦." 그리핀이 말했다.

앨리스는 듣도 보도 못한 소리라 잠시 생각을 한 다음에 말을 이었다.

"그럼 열한 번째 날은 수업이 없겠네요?"

"당연히 그렇게 되지." 가짜 거북이가 대답했다.

"그럼 열두 번째 날에는 어떻게 해요?"

♦ 수업lesson과 줄다lessen의 발음이 같은 것을 이용한 언어유희다.

앨리스는 너무 궁금해 견딜 수 없었다.

"수업 이야기는 그만하면 됐어."

그리핀이 아주 단호하게 말했다.

"이제 이 꼬마 숙녀에게 경기 이야기를 좀 들려줘."

제10장

바닷가재의 카드리유

*　　*　　*　　*　　*

*　　*　　*　　*

*

가짜 거북이가 한숨을 깊이 내쉬더니 앞발로 눈물을 훔쳤다. 그는 앨리스를 쳐다보며 입을 열려고 했지만 목이 잠겨 한동안 흐느끼기만 했다.

"사례가 들렸나 봐."

그리핀이 가짜 거북이의 몸을 흔들고 등을 두드려주었다. 마침내 거북이가 목소리를 찾고 눈물을 흘리면서 말을 이었다.

"넌 바다 밑에서 살아본 적이 없을 테고("네. 없어요"라고 앨리스가 말했다) 그러니 바닷가재를 만나본 적도 없을 테니까―." (앨리스는 "한번 맛본 적이 있는데"라고 말을 꺼냈다가 재빨리 "아니, 없어요"라고 대답했다.) "바닷가재의 카드리유가 얼마나 멋진지 상상이 가지 않겠지!"

“전혀요.” 앨라스가 대답했다. “그게 무슨 춤이죠?”

“그건,” 그리핀이 입을 열었다. “해안가를 따라 일렬로 선 다음에—.”

“두 줄이야!” 가짜 거북이가 소리쳤다. “물개, 거북이, 연어 등을 줄 세우고 해파리를 다 치우고 난 뒤에—.”

“그렇게 하는 데 보통 시간이 좀 걸리지.” 그리핀이 끼어들었다.

“—두 걸음 앞으로 나가서—.”

“각자 바닷가재와 짝을 이루어!” 그리핀이 소리쳤다.

"물론이지." 가짜 거북이가 말했다. "두 걸음 앞으로 간 다음에 짝을—."

"—바닷가재 짝을 바꾸고 계속 그렇게 하는 거야." 그리핀이 말을 이었다.

"그런 다음에는 던져야 해—." 가짜 거북이가 말했다.

"바닷가재 말이야!" 그리핀이 공중으로 몸을 띄우며 소리쳤다.

"—최대한 바다 멀리—." 가짜 거북이가 설명했다.

"그리고 그들을 쫓아 헤엄을 쳐!" 그리핀이 소리쳤다.

"바다에서 공중제비를 하면서!" 거북이도 신이 나서 외쳤다.

"그리고 다시 바닷가재 짝을 바꿔!" 그리핀이 고래고래 소리쳤다.

"그렇게 다시 육지로 돌아오면 첫 부분이 끝나는 거야."

가짜 거북이가 갑자기 목소리를 낮추었고 주고받듯 이야기를 하며 계속 방방 뛰던 둘이 조용해지더니 바닥에 앉아 슬픈 눈빛으로 앨리스를 쳐다보았다.

"분명 아름다운 춤이겠네요." 앨리스가 소심하게 말했다.

"맛보기로 좀 볼래?" 가짜 거북이가 물었다.

"그럼 정말 좋지요." 앨리스가 대답했다.

"이리 와, 첫 동작을 해보자! 바닷가재가 없어도 할 수 있잖아. 누가 노래를 부르지?" 가짜 거북이가 그리핀에게 말했다.

"네가 불러. 난 가사를 까먹었어." 그리핀이 말했다.

그래서 둘은 앨리스 주위를 돌며 진지하게 춤을 추었고

간간히 너무 바짝 다가와 지나갈 때면 앨리스의 발가락을 밟기도 하고 앞발을 흔들기도 했다. 그러면서 가짜 거북이는 아주 천천히 슬프게 노래를 불렀다.

"좀 더 빨리 걸을 순 없어?" 대구가 달팽이에게 물었지.
"돌고래가 바짝 쫓아와서 내 꼬리를 밟으려고 해.
바닷가재와 거북이가 얼마나 빨리 가는지 보자!
그들이 조약돌 위에서 기다려. 와서 같이 춤출래?
그럴래, 말래, 그럴래, 말래, 같이 춤출래?
그럴래, 말래, 그럴래, 말래, 같이 춤추지 않을래?"

"바닷가재와 함께 던져지는 게 얼마나 굉장한지
넌 정말 모를 거야!"
하지만 달팽이는 눈을 흘기며 말했지.
"너무 멀어, 너무 멀다고!"
대구는 친절하게 대해줘서 고맙지만 같이 춤을 추지 않겠다고 해.
할래, 못할래, 할래, 못할래, 같이 춤출래?
할래, 못할래, 할래, 못할래, 같이 춤추지 못할래?

"우리가 얼마나 멀리 던져질지가 왜 중요해?"
비늘이 많은 친구가 대답했지.
"반대편에 다른 해변이 있어.
영국에서 멀어질수록 프랑스에 더 가까워진다고.

그러니 사랑스런 달팽이야, 걱정 말고 같이 춤을 춰.

그럴래, 말래, 그럴래, 말래, 같이 춤출래?

그럴래, 말래, 그럴래, 말래, 같이 춤추지 않을래?"

"고마워요. 정말 흥미로운 춤을 구경했어요." 드디어 끝난 것을 기뻐하며 앨리스가 말했다. "그리고 대구에 관한 노래도 진짜 재밌어요!"

"아, 대구 이야기가 나와서 말인데, 당연히 그들을 본 적이 있지?" 가짜 거북이가 물었다.

"그럼요, 자주 보는 걸요. 거기서요. 저녀—."

앨리스가 말을 하다 얼른 멈췄다.

"저녀가 어딘지 난 잘 몰라. 하지만 내가 그들을 자주 본다니 당연히 어떻게 생겼는지는 알겠지." 가짜 거북이가 말했다.

"그럴걸요." 앨리스가 생각을 하며 대답했다. "그들은 자기 꼬리를 입에 물고 온몸에 부스러기를 묻히고 있어요."

"넌 부스러기에 대해 잘못 알고 있어. 부스러기는 물속에서 다 씻어야 해. 하지만 그들은 입에 꼬리를 무는 게 맞아. 그 이유는—."

이때 가짜 거북이가 하품을 하며 눈을 감았다.

"네가 대신 이유를 설명해줘."

그가 그리핀에게 말했다.

"그 이유는," 그리핀이 입을 열었다. "그들이 바닷가재와 춤을 추기 때문이야. 그래서 바다 멀리 던져지지. 떨어질 때 재빨리 꼬리를 입에 무는데 한 번 물면 다시 못 빼게 돼. 그게 다야."

"알려줘서 고마워요. 참 재미있네요. 전에는 대구에 대해서 그렇게 많이 알지 못했거든요."

"원한다면 더 이야기해줄 수도 있어." 그리핀이 말했다. "왜 그 물고기를 대구라고 부르는지 알아?"

"그런 생각은 해본 적이 없어요. 왜죠?"

"부츠와 구두를 하얗게 해주기♦ 때문이야."

그리핀이 아주 진지하게 말했다.

앨리스는 어리둥절해하며 그대로 따라 말했다. "부츠와 구두를 하얗게 해주기 때문이라니!"

"네 구두는 뭘로 닦지?" 그리핀이 말했다. "내 말은, 뭐가 구두를 그리 반짝이게 하냐고?"

앨리스는 구두를 내려다보며 잠시 생각한 다음 대답했다.

"검정색으로 광을 내서 그런 것 같아요."

"물속에서 부츠와 구두는 하얗게 광을 낸단다. 이제 알겠지." 그리핀이 진지한 목소리로 말을 이었다.

"그럼 그들은 무엇으로 하얗게 닦나요?" 앨리스가 호기심 어린 목소리로 물었다.

"당연히 가자미♦♦와 장어♦♦♦지. 그건 새우도 다 아는 얘기야."

그리핀이 인내에 한계를 느끼는 듯 대답했다.

♦ 대구whiting를 하얗게 하다white+ing라고 이해한 언어유희다.
♦♦ 가자미를 뜻하는 sole에는 깔창이란 뜻도 있다.
♦♦♦ 장어eel와 구두 굽heel은 발음이 비슷하다.

"제가 대구와 있었다면 돌고래에게 이렇게 말했을 거예요. '돌아가. 너와 같이 가기 싫어!'" 앨리스가 노래를 떠올려보며 말했다.

"대구는 항상 돌고래와 있어야 해. 영리한 물고기는 돌고래 없이 어디도 가지 않거든." 가짜 거북이가 말했다.

"정말 그래요?" 앨리스가 놀라서 물었다.

"당연하지. 어떤 물고기가 나한테 여행을 갈 거라고 말한다면, 난 이렇게 물을 거야. '어떤 돌고래를 데리고 가?'"

"그거 혹시 '목적♦' 아니에요?" 앨리스가 물었다.

"내 말이 그 말이야."

가짜 거북이가 신경이 거슬린다는 듯 대꾸했다. 그러자 그리핀이 덧붙였다.

"그럼, 이제 네 모험담을 들려 줘."

"오늘 아침부터 시작된 제 모험담을 들려줄 수는 있어요." 앨리스가 살짝 주눅 든 목소리로 말했다. "하지만 그 이전으로 돌아가는 건 아무 소용이 없어요. 전에는 완전히 다른 사람이었거든요."

"전부 다 설명해봐." 가짜 거북이가 말했다.

"아니, 아니야! 모험담이 먼저야. 지루하게 설명을 듣고 싶지 않아." 그리핀이 안달 난 목소리로 말했다.

그래서 앨리스는 처음 흰 토끼를 봤을 때부터 이야기를

♦ 돌고래porpoise와 목적purpose의 발음이 비슷한 것을 이용한 언어유희다.

시작했다. 둘이 눈을 동그랗게 뜨고 입을 크게 벌린 채 양쪽에 바짝 붙어 서 있는지라 처음에는 조금 불안했지만 이야기를 하면서 차츰 용기를 얻었다. 앨리스가 애벌레 앞에서 〈아버지 윌리엄〉을 외웠는데 단어를 틀렸다고 이야기하자 가짜 거북이가 길게 한숨을 내쉬더니 말했다.

"참 신기하네."

"내 말이 그 말이야." 그리핀이 거들었다.

"틀리게 외웠다니! 외우는 걸 직접 봐야겠어. 한번 해보라고 해."

가짜 거북이가 진지하게 말하고는 그리핀이 마치 앨리스의 보호자라도 되는 냥 그를 쳐다보았다.

"일어나서 〈게으른 자의 목소리〉를 외워봐." 그리핀이 말했다.

'배운 걸 반복하라고 시키는 게 꼭 학교에 있을 때랑 같잖아!'

그렇게 생각했지만 앨리스는 자리에서 일어나 시키는 대로 했다. 하지만 머릿속은 바닷가재 카드리유로 가득 차 있어 자신이 무슨 말을 입 밖으로 꺼내고 있는지 몰랐기에 암송은 상당히 이상하게 들렸다.

바닷가재의 목소리. 그가 하는 말을 들어보니,

넌 날 너무 바짝 구워서 내 머리에 설탕을 뿌려야겠어,

오리가 눈썹으로 하듯 그는 코끝으로

벨트와 단추를 잠그고 발가락을 뒤집네.

"내가 어릴 때 외웠던 거랑 다른걸." 그리핀이 말했다.

"난 한 번도 들어본 적이 없어. 완전 특이하고 말도 안 되게 이상해." 가짜 거북이가 말했다.

앨리스는 아무 말도 하지 않았다. 그냥 자리에 앉아 손으로 얼굴을 가리고 자연스럽게 무슨 일이 일어날 가능성은 없을까 생각해보았다.

"설명을 해주면 좋을 것 같은데." 가짜 거북이가 말했다.

"저 애는 설명할 수 없어. 그냥 다음 구절로 넘어가." 그리핀이 성급하게 대답했다.

"하지만 바닷가재가 어떻게 코로 발가락을 뒤집는지 넌 알아?" 가짜 거북이가 물었다.

"그게 춤의 첫 번째 자세♦예요."

앨리스가 대답했지만 자기도 헷갈리기에 얼른 다른 주제로 넘어가길 바랐다.

"다음 구절로 넘어가." 그리핀이 참지 못하고 또 말했다.

"'난 그의 정원을 지나쳤네'로 시작하잖아."

앨리스는 다 틀리게 외울 걸 알았지만 차마 거절하지 못했고 떨리는 목소리로 암송했다.

난 그의 정원을 지나쳤네. 그리고 한 눈으로 살폈지.

부엉이와 표범이 어떻게 파이를 나누어 먹는지—.

♦ 춤의 자세중 하나인 턴 아웃turn out은 뒤집다라는 뜻도 있다.

"무작정 외우는 게 무슨 소용이야." 가짜 거북이가 중간에 끼어들었다. "설명도 안 해주고 계속하면 뭐해? 지금까지 내가 들어본 가장 아리송한 시라고!"

"이제 그만하는 게 좋겠어." 그리핀이 이렇게 말해주어 앨리스는 너무 고마웠다.

"바닷가재 카드리유를 한 번 더 출까?" 그리핀이 말했다. "아니면 가짜 거북이에게 노래를 불러 달라고 할까?"

"기꺼이 그렇게 해줄 수 있다면 노래를 듣고 싶어요."

앨리스가 기다렸다는 듯 이렇게 대답하자 그리핀이 서운한 듯 화를 냈다.

"흥! 취향 하고는! 꼬마 아가씨에게 〈거북이 수프〉를 불러줘, 친구."

가짜 거북이는 길게 한숨을 내쉬고는 시작했고 간간히 목이 메는지 흐느끼며 노래를 불렀다.

아름다운 수프. 녹색에 아주 진한 맛.
뜨거운 그릇 속에서 기다리네!
이렇게 맛있는 걸 안 먹고 배길 사람이 있을까?
저녁의 수프, 아름다운 수프!
저녁의 수프, 아름다운 수프!
아르-음다운 수우-프!
아르-음다운 수우-프!
저-어-어-녁의 수우-프.

아름다운, 아름다운 수프!

아름다운 수프! 누가 생선을, 고기를 혹은 다른 음식을 찾을까?
2페니면 살 수 있는 아름다운 수프를 누가 거절할까?
2페니면 먹을 수 있는 아름다운 수프를.
아르-음다운 수우-프!
아르-음다운 수우-프!
저-어-어-녁의 수우-프.
아름다운, 아름다-운 수프!

"후렴을 한 번 더 불러줘!"

그리핀이 외치자 가짜 거북이가 다시 부르려는데 멀리서 "재판을 시작합니다!"라는 소리가 들렸다.

"이리 와!"

그리핀이 소리치더니 앨리스의 손을 잡고 서둘러 움직였다.

"무슨 재판이에요?"

앨리스는 뛰는 와중에 숨을 헐떡이며 물었지만 그리핀은 그저 "서둘러!"라고만 말하고는 더 빨리 달렸다. 바람이 실어다준 가짜 거북이의 우울한 노랫소리가 점점 더 멀어져갔다.

"저-어-어-녁의 수우-프.
아름다운, 아름다-운 수프!"

제11장

누가 타르트를 훔쳤나?

*　　*　　*　　*　　*
*　　*　　*　　*
*　　*

앨리스와 그리핀이 도착했을 때 하트 왕과 여왕이 왕좌에 앉아 있고 엄청난 인파가 주위에 몰려 있었다. 작은 새와 짐승들을 비롯해 카드 전부가 모였다. 맨 앞에 잭이 사슬에 묶인 채 서 있고 그 양옆으로 군인이 지키고 있었다. 왕 옆에는 흰 토끼가 한 손에는 트럼펫을, 다른 손에는 양피지 두루마리를 들고 서 있었다. 법정 한가운데 테이블이 있고 위에 커다란 타르트가 놓여 있었다. 아주 맛있어 보여서 앨리스는 허기진 눈초리로 바라보며 '재판이 끝나고 나눠 먹으면 좋겠어!'라고 생각했다. 그렇지만 그럴 기미가 없어 보이자 앨리스는 시간이 빨리 흐르길 기다리며 주위를 살폈다.

앨리스는 한 번도 법정에 와본 적이 없었지만 책에서 읽었기에 법정 용어를 거의 다 안다는 사실이 썩 마음에 들었다.

"저 사람이 재판장이야." 앨리스가 자신에게 말했다. "커다란 가발을 썼거든."

참고로 왕이 재판장이고 그는 가발 위에 왕관을 썼는데 (어떻게 그렇게 했는지 궁금하면 권두 삽화를 보라) 전혀 편안해 보이지도, 권위 있게 보이지도 않았다.

"그리고 저기가 배심원석이야, 저 열두 생물이 배심원이겠지."(앨리스는 그들 일부는 동물이고 일부는 새였기에 '생물'이라고 말해야 했다.)

"저들은 배심원이야."

앨리스는 두세 번 더 배심원이란 말을 했다. 자기 나이 또래에 그 말의 뜻을 아는 소녀가 거의 없다고 생각해서 짐짓 뽐내고 싶었다. 그렇지만 '심판을 보는 사람'이라고 말하기도 했다.

배심원 열두 명은 석판에 열심히 무언가를 적고 있었다.

"저들이 뭘 하는 거예요? 재판 시작 전이라 적을 게 아무것도 없을 텐데요." 앨리스가 조용한 목소리로 그리핀에게 물었다.

"저들은 자기 이름을 쓰는 거야." 그리핀이 속삭이며 대답했다. "재판이 끝나기 전에 이름을 잊어버릴지도 모르거든."

"바보 같기는!"

앨리스는 황당하다는 듯 큰 소리로 말하다 말고 얼른 멈췄다. 흰 토끼가 "정숙하시오!"라고 외쳤고 왕이 안경을 끼고 누가 떠드는지 유심히 주위를 살폈기 때문이다.

앨리스는 직접 뒤에서 보진 않았지만 모든 배심원이 석판에 '바보 같기는!'이라고 쓰는 것을 알 수 있었고 그중 한 명은 '바보 같다'의 철자를 몰라 옆 사람에게 물었다.

'재판이 끝나기도 전에 석판이 뒤죽박죽이 되겠어!' 그녀는 이렇게 생각했다.

배심원 중 한사람이 연필로 끼익 하는 소리를 냈다. 앨리스는 도저히 그 소리를 견딜 수 없어서 법정 뒤로 가 연필을 빼앗았다. 재빨리 그렇게 한 틈에 가엾은 배심원(도마뱀 빌이었다)은 어쩌다 연필이 없어졌는지 알아차리지 못하고 계속 찾다가 결국 하루 종일 손가락으로 써야 했다. 손가락으로는 석판에 아무런 표시도 남지 않아 부질없는 짓이었지만.

"전령, 기소장을 낭독하라!" 왕이 말했다.

그러자 흰 토끼가 트럼펫을 세 번 불고는 양피지를 펼쳐서 읽어 내려갔다.

"더운 여름날
하트의 여왕이 타르트를 구웠다.
하트 잭이 타르트를 훔쳐서
멀리 달아났다!"

"판결을 내려라." 왕이 배심원에게 말했다.

"아직 아닙니다!" 토끼가 서둘러 개입했다. "그 전에 할 것이 아주 많습니다!"

“첫 번째 증인을 불러라!” 왕이 명령하자 토끼가 트럼펫을 세 번 불더니 큰 소리로 외쳤다.

“첫 번째 증인, 입장!”

첫 번째 증인은 모자 장수였다. 그는 한 손에 찻잔을, 다른 손에는 버터를 바른 빵을 들고 있었다.

“이런 것들을 가지고 들어와서 황송합니다, 폐하.” 그가 말을 꺼냈다. “부름을 받았을 때 차를 미처 다 마시지 못해서 그랬습니다.”

“다 마시고 왔어야지. 넌 언제부터 차를 마셨지?” 왕이 물었다.

모자 장수는 겨울잠쥐와 팔짱을 낀 채 따라 들어온 3월 토끼를 쳐다보았다.

“3월 14일부터인 것 같습니다.” 그가 대답했다.

“15일.” 3월 토끼가 말했다.

“16일이야.” 겨울잠쥐가 말했다.

“기록하라.”

왕이 배심원에게 명령하자 배심원들은 세 날짜를 열심히 적더니 그날을 다 더해 돈으로 환산했다.

“모자를 벗어라.” 왕이 모자 장수에게 말했다.

“제 것이 아닙니다.” 모자 장수가 대답했다.

“훔쳤구나!”

왕이 소리치더니 배심원을 쳐다보았고 그들은 곧장 이 사실을 기록했다.

“제 모자가 아니라 파는 물건입니다. 전 모자 장수니까요.” 모자 장수가 덧붙였다.

그러자 여왕이 쌍안경을 끼고 모자 장수를 뚫어지게 쳐다보았고 그는 얼굴이 하얗게 질려 쭈뼛거렸다.

“떨지 말고 증거를 대. 안 그러면 지금 이 자리에서 바로 처형할 테다.”

그 말은 증인에게 전혀 도움이 되지 않았다. 모자 장수는 불편한 기색으로 여왕을 쳐다보며 발을 이리저리 바꾸더니 긴장해서 헷갈렸는지 버터를 바른 빵 대신 찻잔을 깨물었다.

바로 그 순간 앨리스는 아주 이상한 기분이 들어 무엇 때문인지 곰곰이 생각해보았다. 어머나, 몸이 다시 커지고 있는 것이 아닌가. 처음에는 자리에서 일어나 법정을 나갈까 생각했다. 하지만 이내 공간이 허락하는 한 그곳에 남아 있기로 생각을 바꿨다.

“너무 꽉 붙지 좀 마. 숨을 못 쉬겠어.” 앨리스 옆에 앉아 있던 겨울잠쥐가 말했다.

“저도 어쩔 수 없어요. 키가 계속 자라고 있거든요.” 앨리스가 미안해하며 대답했다.

“여기서 그러면 안 돼.” 겨울잠쥐가 말했다.

“이상한 소리 하지 말아요. 그쪽도 자라고 있잖아요.” 앨리스가 한층 대담하게 말했다.

“맞아. 하지만 난 아주 적절한 속도로 자라고 있어. 그렇게 어처구니없이 빠른 게 아니라.”

그러더니 겨울잠쥐는 아주 뿌루퉁해져서는 자리에서 일어나 반대편으로 가버렸다.

그때까지 여왕은 계속 모자 장수를 쳐다보는 중이었고 겨울잠쥐가 법정을 가로지를 때 병사를 불러 이렇게 말했다.

"지난 번 콘서트에 출현했던 가수들의 명단을 가져와!"

그 말에 모자 장수는 사시나무처럼 떨어 신고 있던 신발마저 벗겨졌다.

"증거를 대." 왕이 화난 목소리로 다시 말했다. "아니면 네가 떨든 말든 바로 처형해버릴 거야."

"절 가엾이 여겨주세요, 폐하." 모자 장수가 떨리는 목소리로 말을 꺼냈다. "차를 마시기 시작한 지 일주일이 채 되지 않았습니다. 빵과 버터가 점차 말라버리고 차의 반짝임도—."

"뭐가 반짝인다고?" 왕이 물었다.

"차가 반짝인다고 했습니다."

"당연히 반짝이다는 'T'♦로 시작하지! 날 바보로 알아? 계속해!"

왕이 날카롭게 소리쳤다.

"절 가엾이 여겨주세요. 그 뒤로 모든 것들이 반짝인다고 3월 토끼가 말했는데—."

"제가 한 말이 아닙니다!" 3월 토끼가 재빨리 끼어들었다.

♦ 차tea와 알파벳 t의 발음이 같은 것을 이용한 언어유희다. 반짝이다twinking는 t로 시작하는 단어다.

"네가 말했잖아!" 모자 장수가 소리쳤다.

"그 말을 부정하겠어!" 3월 토끼가 반박했다.

"저자가 부정했다. 그 부분은 삭제하라." 왕이 말했다.

"어쨌든, 겨울잠쥐가 말하길—."

모자 장수는 겨울잠쥐마저도 부인할까 봐 걱정스럽게 돌아보며 말을 이었다. 하지만 겨울잠쥐는 벌써 잠들어버려 아무것도 부인하지 않았다.

"그러고 나서," 모자 장수가 말을 이었다. "전 빵과 버터를 잘라서—."

"그런데 겨울잠쥐는 뭐라고 했나요?" 배심원 한명이 물었다.

"기억나지 않습니다." 모자 장수가 대답했다.

"반드시 기억해야 해. 안 그러면 널 처형하겠다." 왕이 말했다.

그 소리에 불쌍한 모자 장수는 찻잔과 빵을 떨어뜨리고는 한쪽 무릎을 꿇었다.

"절 가엾이 여겨주세요, 폐하."

"넌 정말 가엾게도 말주변이 없구나."

그때 기니피그 한 마리가 환호성을 질렀고 즉시 병사에게 제압당했다. ('제압'이라는 어려운 단어가 나왔으니 설명하겠다. 병사들이 입구를 줄로 묶을 수 있는 커다란 자루를 가져와 그 안에 기니피그를 머리부터 집어넣은 다음 줄로 묶고 그 위에 앉았다.)

'이런 광경을 직접 보게 되어 다행이야.' 앨리스가 생각했다. '신문을 읽을 때면 늘 '재판 마지막에 소란이 발생해서 법원 경찰에게 곧바로 제압을 당했다'라는 부분이 종종 나오는데 지금까지는 그게 정확히 무슨 말인지 몰랐거든.'

"그것이 네가 아는 전부라면 그만 증인석에서 내려가도 좋다." 왕이 말했다.

"더 아래로 내려갈 수 없습니다. 이미 바닥에 있는걸요." 모자 장수가 말했다.

"그럼 앉던지." 왕이 대꾸했다.

이때 또 다른 기니피그가 환호했고 역시 제압당했다.

'자, 이걸로 기니피그가 잠잠해졌어! 이제 좀 낫겠지.' 앨리스가 생각했다.

"이제 차를 마저 마셔야 할 것 같습니다만." 모자 장수가 가수 명단을 보고 있는 여왕을 불안한 표정으로 쳐다보며 말했다.

"그래, 가도 좋다."

왕이 말하자 모자 장수는 신발도 제대로 신지 않고 서둘러 법정을 나섰다.

"그리고 밖에서 저자의 목을 베."

여왕이 병사에게 이렇게 덧붙였다. 하지만 모자 장수는 병사가 문으로 가기도 전에 도망가버렸다.

“다음 증인을 불러라!” 왕이 말했다.

다음 증인은 공작 부인의 요리사였다. 요리사는 손에 후추 통을 들고 있었다. 앨리스는 요리사가 법정으로 들어오기도 전에 문 근처에 있던 사람들이 동시에 재채기를 시작하는 것을 보고 이미 누군지 알아차렸다.

“네 증거를 대라.” 왕이 말했다.

“그럴 수 없습니다.” 요리사가 말했다.

왕이 불안한 표정으로 흰 토끼를 쳐다보자 그가 낮은 목소리로 이렇게 말했다.

“폐하 이 증인에게는 반대 신문을 해야 합니다.”

“그래야 한다면 그래야지.”

왕은 팔짱을 끼고 눈이 빠질 정도로 요리사를 찡그리며 쳐다보다가 엄하게 물었다.

“타르트는 무엇으로 만들었지?”

“후추가 주재료입니다.” 요리사가 말했다.

“당밀이야.” 요리사 뒤에서 졸린 목소리가 말했다.

“저 겨울잠쥐를 붙잡아라!” 여왕이 소리쳤다.

“저 겨울잠쥐의 목을 베! 저 겨울잠쥐를 끌어내! 제압해! 꼬집어! 수염을 뽑아버려!”

겨울잠쥐를 두고 몇 분간 법정 전체가 혼란에 휩싸였고 다시 조용해졌을 무렵 요리사는 사라지고 없었다.

“신경 쓸 거 없어.” 왕이 안도하며 말했다. “다음 증인을 불러라.”

그리고 그는 여왕에게 목소리를 낮추어 이렇게 덧붙였다.

"여보, 다음 증인은 당신이 진짜로 반대 신문을 해요. 난 정말로 골치가 아파!"

앨리스는 다음 증인이 누군지 궁금해하며 흰 토끼가 목록을 더듬거리며 살피는 모습을 지켜보았다.

"아직 증거를 많이 얻지 못했어."

앨리스가 혼잣말을 했다. 그때 흰 토끼가 날카로운 목소리로 "앨리스!"라고 이름을 불렀고 이름이 불렸을 때 앨리스가 얼마나 놀랐을지 상상해보라.

제12장

앨리스의 증언

*　*　*　*　*
*　*　*　*
*　*　*

"저, 여기 있어요!"

앨리스는 자신이 지난 몇 분간 얼마나 크게 자랐는지 까맣게 잊은 채 재빨리 자리에서 일어났고 그 바람에 치맛자락이 배심원 석을 넘어뜨려 배심원들이 아래 관중석으로 우수수 떨어졌다. 앨리스는 일주일 전에 우연히 금붕어 어항을 깨뜨린 사건이 떠올랐다.

"어머, 죄송해요!"

앨리스는 엄청 경악한 목소리로 외치고는 최대한 빨리 배심원들을 집어 들었다. 머릿속에 금붕어 사건이 계속 남아 있기에 그들을 얼른 배심원석에 담지 않으면 모조리 죽을지도 모른다고 생각했기 때문이다.

"재판을 이어갈 수 없겠어." 왕이 심각한 목소리로 말했다. "모든 배심원이 적절한 위치에 가서 앉을 때까지. 전부 다."

그는 이 말을 강조하면서 앨리스를 뚫어져라 쳐다보았다.

앨리스가 배심원석을 쳐다보니 자신이 급한 마음에 도마뱀을 거꾸로 집어넣어 불쌍한 생명이 옴짝달싹 못하고 슬프게 꼬리만 흔들고 있는 것이 눈에 들어왔다. 그래서 얼른 원래대로 돌려놓고 혼잣말을 했다.

"어떻게 앉든 별로 중요한 건 아니야. 한 명쯤 거꾸로 있는 것도 꽤 괜찮을 것 같은데."

어느 정도 충격에서 회복되었고 각자 석판과 연필을 돌려받고 나니 배심원들은 다시 열심히 사건을 기록하기 시작했다. 도마뱀만 예외로 충격을 극복하지 못해 입을 벌리고 가만히 앉아 천장만 쳐다보았다.

"이 일에 대해서 뭘 알지?" 왕이 앨리스에게 물었다.

"아무것도 모릅니다." 앨리스가 대답했다.

"아무것도 모른다고?" 왕이 물었다.

"네, 아무것도 몰라요."

"이건 아주 중요한 말이다."

왕이 배심원들에게 말했다. 그들이 석판에 적기 시작하는데 흰 토끼가 외쳤다.

"폐하의 말씀은 당연히 중요하지 않다는 뜻이죠?"

토끼는 공손한 말투와는 상반되게 얼굴에 인상을 쓰며 왕을 쳐다보았다.

"당연히 내 말은 중요하지 않다는 뜻이지."

왕이 재빨리 이렇게 말하고는 낮게 중얼거렸다.

"중요하다—중요하지 않다—중요하지 않다—중요하다—."

마치 어떤 말이 가장 듣기 좋은지 알아보려고 하는 것 같았다.

배심원 중 누구는 '중요하다'고 적었고 누구는 '중요하지 않다'고 적었다. 앨리스는 가까이에서 그들의 석판을 내려다볼 수 있었다.

'이렇든 저렇든 아무 상관없는데.' 앨리스는 생각했다.

그때 공책에 무언가를 열심히 적고 있던 왕이 "정숙!"을 외치더니 자신이 쓴 메모를 읽기 시작했다.

"42번 조항. 키가 1.6킬로미터 이상 되는 모든 사람은 법정을 떠나야 한다."

그 말에 모두가 앨리스를 쳐다보았다.

"전 키가 1.6킬로미터가 안 돼요." 앨리스가 말했다.

"아니 돼." 왕이 말했다.

"거의 3.2킬로미터야." 여왕이 거들었다.

"어쨌든 전 안 나갈 거에요." 앨리스가 말했다. "게다가 그건 정해진 규칙도 아니잖아요. 지금 방금 만들었으면서."

"이건 책에 나오는 가장 오래된 규칙이야." 왕이 말했다.

"그렇다면 분명 1번 조항이었겠죠." 앨리스가 말했다.

왕은 창백해져서는 황급히 공책을 덮었다.

"판결을 내려라." 왕이 떨리는 목소리로 배심원에게 말했다.

"증거가 아직 많이 나오지 않았습니다, 폐하." 흰 토끼가 서둘러 말했다. "그리고 방금 이 종이를 수거했습니다."

"그 속에 뭐라고 적혀 있지?" 여왕이 물었다.

"아직 열어보지 않았습니다. 하지만 죄수가 누군가에게 쓴 편지처럼 보입니다." 흰 토끼가 말했다.

"그렇겠지. 아무에게도 보내는 편지가 아니라면. 그건 이상한 일이잖아." 왕이 말했다.

"누구에게 보낸 편지인가요?" 배심원 중 한 사람이 물었다.

"전혀 알 수 없습니다. 겉면에 아무것도 적혀 있지 않습니다." 토끼가 말을 하며 편지를 열어보고는 이렇게 덧붙였다. "이건 편지가 아니군요. 시 구절이 적혀 있습니다."

"죄수의 필체인가요?" 다른 배심원이 물었다.

흰 토끼가 이렇게 대답했다. "아니, 그렇지 않습니다. 진짜 이상하군요."(모든 배심원이 혼란스러운 표정을 지었다.)

"분명 다른 누군가의 글씨체를 따라 한 것이다." 왕이 말했다. (모든 배심원의 얼굴이 다시 밝아졌다.)

"폐하," 잭이 말했다. "전 아무것도 쓰지 않았고 제가 그랬다는 증거도 없습니다. 제 서명도 없지 않습니까."

"네가 서명하지 않았다면 더 큰 죄지. 분명 꿍꿍이가 있다는 거니까. 떳떳했다면 서명을 했겠지."

그러자 박수가 터져 나왔다. 이날 왕이 처음으로 현명한 말을 했기 때문이다.

"이것이 그의 유죄를 입증하는구나." 여왕이 말했다.

"그건 아무것도 입증하지 않아요! 내용이 뭔지도 모르잖아요!" 앨리스가 외쳤다.

"읽어봐." 왕이 명령했다.

흰 토끼가 안경을 꼈다.

"어디서부터 시작할까요, 폐하?"

"처음부터 시작해. 그리고 끝까지 읽은 다음에 멈춰라." 왕이 엄숙하게 말했다.

흰 토끼가 읽은 구절은 이랬다.

그들은 넌 이미 그녀에게 갔고
나에 대해 그에게 말했다고 말했네.
그녀가 내가 성격은 좋지만
수영은 못 한다고 했지.

그는 내가 떠나지 않았다고 말했네.
(우린 그게 사실인 걸 알지.)
그녀가 계속 이 문제를 들먹이면
넌 어떻게 될까?

난 그녀에게 하나를, 그들은 그에게 두 개를 주었고
넌 우리에게 세 개 이상을 주었네.
그들은 그에게 갔던 모든 것들을 너에게 되돌려주었지.

그건 예전에 다 내 것이었다네.

나나 그녀가 이 일에 끼어든다면
그는 네가 그들을 자유롭게 해줄 거라 믿겠지.
예전에 우리가 그랬던 것처럼.

내 생각에는 네가
(그녀가 이렇게 화내기 전에)
그와 우리 그리고 그것 사이에 장벽이었지.

그녀가 그걸 제일 좋아한다는 걸 그에게 알리지 마라.
이것은 아무도 모르는
너와 나 사이의 비밀이어야 하니.

"지금까지 우리가 들은 것 중 가장 중요한 단서다." 왕이 손을 비비며 말했다. "자 그러니 이제 배심원이—."

"누가 설명 좀 해줄 수 있다면," 앨리스가 말했다(몇 분 사이에 너무 많이 자라서 왕이 하는 말에 끼어드는 것이 조금도 두렵지 않았다). "제가 6펜스를 드릴게요. 제 생각엔 그 속에는 어떤 의미도 없는 것 같아요."

배심원 모두가 이 말을 받아 적었다. '그녀는 이 증거에 어떤 의미도 없다고 믿고 있다.' 하지만 어느 누구도 이 시에 대해 설명하려고 하는 이가 없었다.

"그 속에 아무런 의미도 없다면 문제가 없는 것이니 우리가 찾을 필요는 없지. 그렇지만 아직 모르겠구나."

왕이 이렇게 말하며 시 구절이 적힌 종이를 무릎 위에 펴 놓고는 한쪽 눈으로 살폈다.

"난 이 속에서 어떤 의미를 찾았다. '수영은 못 한다고 했지' 이 부분 말이야. 넌 수영을 할 줄 모르지?"

왕이 잭에게 물었다.

잭은 슬프게 고개를 저었다.

"제가 수영을 할 수 있을 것처럼 보이나요?"

그가 되물었다. (순전히 종이로 만들어진 카드인데 당연히 못 하겠지.)

"그럼 좋아."

왕이 혼자 구절을 웅얼거렸다.

"'우린 그게 사실인 걸 알지' 여기서 우린 당연히 배심원을 말해. '난 그녀에게 하나를, 그들은 그에게 두 개를 주었고' 이건 저자가 타르트를 준 걸 말하는 거야—."

"하지만 구절에 '그들은 그에게 갔던 모든 것들을 너에게 되돌려주었지'라고 되어 있잖아요." 앨리스가 말했다.

"그렇지!" 왕이 의기양양하게 외치며 테이블 위에 놓여 있는 타르트를 가리켰다. "저것만큼 분명한 증거가 없어. 그리고 또, '그녀가 화내기 전에'를 봐. 당신은 한 번도 화낸 적이 없었지, 아마?"

왕이 여왕에게 물었다.

"전혀!"

여왕이 화를 내며 도마뱀에게 잉크통을 던졌다. (불쌍한 빌은 전혀 표시가 나지 않는 손가락으로 글을 쓰고 있었다. 이제 얼굴에서 흘러내리는 잉크가 다 없어질 때까지 묻혀서 쓸 수 있게 되었다.)

"그렇다면 이 말은 당신에게 맞지♦ 않아."

왕이 미소를 지으며 법정을 살폈다. 주위는 쥐죽은 듯 조용해졌다.

"이건 말장난이야!"

왕이 화난 목소리로 덧붙이자 모두가 웃었다.

"배심원은 판결을 내려라."

왕은 오늘 스무 번도 더 뱉은 그 말을 꺼냈다.

"아니, 안 돼!" 여왕이 말했다. "처형을 먼저 하고 판결은 나중에."

"무슨 말도 안 되는 소리를! 처형이 먼저라뇨!" 앨리스가 외쳤다.

"넌 입 다물어!" 여왕이 서슬 퍼렇게 외쳤다.

"싫어요!" 앨리스가 외쳤다.

"저 애의 목을 베!"

여왕이 고래고래 소리쳤다. 그러나 아무도 움직이지 않았다.

♦ 화내다have a fit라는 뜻에서 fit과 맞다라는 뜻의 fit을 이용한 언어유희다.

"누가 당신 말에 신경이나 쓰는지 알아요?"

앨리스가 말했다. (이 말을 할 때 이미 원래 크기로 돌아가 있었다.)

"당신은 그냥 종이 카드에 불과해요!"

그러자 모든 카드가 공중으로 솟구쳐 그녀를 향해 쏟아졌다. 앨리스는 무섭기도 하고 짜증이 나기도 해 살짝 비명을 지르며 카드를 쳐냈다. 그러다 자신이 언니의 무릎을 베고 누워 있고 언니가 그녀의 얼굴로 떨어지는 낙엽을 조심스럽게 치워주고 있다는 사실을 알게 되었다.

"그만 일어나 앨리스! 무슨 낮잠을 그리 오래 자니!"

"아, 난 방금 아주 신기한 꿈을 꿨어!"

앨리스는 이렇게 말하며 우리가 지금까지 읽은 이 이상한 모험담을 기억나는 대로 들려주었다. 이야기가 끝나자 언니는 앨리스의 볼에 입을 맞추고는 말했다.

"참 신기한 꿈이네, 정말로. 이제 그만 차를 마시러 가. 늦었어."

그래서 앨리스는 자리에서 일어나 있는 힘껏 집으로 달려가면서 참 근사한 꿈을 꾸었다고 생각했다.

하지만 언니는 앨리스가 간 뒤에도 여전히 그 자리에 앉아 손으로 턱을 괴고 지는 해를 보면서 어린 앨리스와 동생

의 놀라운 모험담을 생각하다가 그녀 역시 꿈을 꾸게 되었다. 언니가 꾼 꿈은 이랬다.

처음에는 앨리스의 꿈을 꿨다. 앨리스의 작은 손이 그녀의 무릎을 꽉 움켜쥐었고 밝은 눈동자가 그녀를 올려다보았다. 앨리스는 눈앞으로 넘어오는 머리카락을 계속 뒤로 넘기느라 고개를 갸우뚱거리면서 뭐라고 중얼거렸다. 그러다 귀를 기울이니 동생의 꿈속에 나왔던 이상한 생명체들의 목소리가 들렸다. 아니 들리는 것 같았다.

발까지 올라오는 긴 풀이 움직이더니 흰 토끼가 서둘러 지나갔고 그로 인해 놀란 생쥐가 이웃한 물웅덩이로 뛰어들었다. 3월 토끼와 친구들이 절대 끝나지 않는 티타임을 즐기며 짤랑거리는 찻잔 소리, 여왕이 사람들의 목을 베라고 지르는 고함 소리, 아기 돼지가 공작 부인의 무릎에 누워 재채기를 하는 소리와 주변으로 접시와 그릇이 날아다니며 깨지는 소리, 그리핀의 비명 소리, 도마뱀이 석판을 연필로 긁는 소리, 기니피그를 제압하는 소리, 멀리서 들리는 불쌍한 가짜 거북이의 울음소리가 주변을 가득 메웠다.

언니는 자리에 앉아 눈을 감은 상태로 자신이 이상한 나라에 와 있다고 상상했다. 하지만 눈을 뜨면 다시 평범한 현실로 바뀔 거라는 사실을 알고 있었다. 풀은 그저 바람 때문에 흔들린 것이고 갈대로 인해 웅덩이에 잔물결이 인 것이고 짤랑거리는 찻잔 소리는 양의 목에 달린 방울 소리이며 여왕의 찢어지는 비명 소리는 양치는 소년의 목소리라는 것을, 또한 아기의 재채기와 그리핀의 비명, 그리고 다른 이상한 소음은 바쁜 농장의 소음이 만들어내는 변주라는 것을. 그리고 멀리서 들리는 소떼의 목소리가 구슬픈 가짜 거북이의 흐느낌이 되었다는 것도.

마지막으로 그녀는 어린 동생이 세월이 흘러 어엿한 숙녀가 된 모습을 그려보았다. 그 모든 세월을 거쳤지만 어린 시절의 사랑스럽고 순진한 마음을 지켜나갈지. 아이들을 모아놓고 여러 가지 신기한 이야기를 들려주면서 그들의 눈동자를 한층 반짝이게 해줄지. 어쩌면 오래전에 꾼 이상한 나라의 모험 이야기를 해줄지도 모른다. 또한 자신의 어린 시절과 행복했던 여름날을 추억하면서 그렇게 아이들과 슬픔과 즐거움을 함께 나눌 것이다.

* * * * * * * * * * * * *

* * * * * * * * * * * *

작품 해설

《이상한 나라의 앨리스》: 이상한 나라로 떠나며

- 양윤정(영문학 박사, 건국대학교 교수)

이상한 나라로 떠나며

루이스 캐럴의《이상한 나라의 앨리스》는 앨리스가 흰 토끼를 쫓아 '어떻게 다시 나올지는 전혀 생각하지 않고'(13쪽) 토끼 굴로 내려간 후 이상한 나라에서 벌어지는 이야기이다. 이 작품은 영국 어린이 환상문학의 초기 작품으로, 그 작품성이 탁월했을 뿐만 아니라 20세기에 들어서 캐럴이 살았던 동시대의 삶을 비평한 문학작품으로 인정받으면서 영문학 정전의 반열에 오르게 되었다.《이상한 나라의 앨리스》의 액자 이야기로 사용한 서시에서 캐럴은 자신이《지하 세계의 앨리스》 원작을 앨리스와 그녀의 자매들에게 즉흥적으로 들려준 날을 '황금빛 햇살이 눈부신 오후'(4쪽)라고 노래한다. 그러나 기상청의 날씨 기록에 의하면 그 날은 '쌀쌀하고 비가 온'♦ 것으로 기록된다. 그럼에도《이상한 나라의 앨리스》의 기억에 황금빛을 입히는 것은 이 이야기에 두루 퍼져 있는 온화한 희극 정신처럼 풍자 효과를 가져다준다.

지하 세계와 지상 세계

앨리스의 이상한 나라 여행, 즉 어두운 지하 세계 여행은 호기심 때문에 시작된다. 그녀는 흰 토끼를 쫓아 토끼 굴로 내려가는데, 오랫동안 설명할 수 없을 만큼 떨어지면서 방금 떠나온 지상 세계의 언어로 많은 것들을 궁금해한다. 그녀는 지상의 구세계로부터 많은 것들을 가지고 간다. 가장 중요한 것은 우주의 질서에 대한 믿음 즉, 일관된 크기, 수학과 지리, 계급 제도, 언어, 사회적 예법, 시간 등에 대한 기존의 관념을 여전히 가지고 있으며, 이 때문에 광기와 무질서가 지배적인 이상한 나라에서 앨리스의 질서 탐색은 실패할 것이 예상된다.

지상의 논리 가운데 우선 예측 가능한 일관된 크기에 대한 개념은 중요하다. 그러나 앨리스는 아름다운 정원으로 들어가고자 하기 때문에 작은 문을 통과하기 위해서 일관된 크기라는 원칙을 깨고 싶어 한다. 앨리스는 망원경처럼 줄어드는 방법을 알고 싶어 하는데 마침내 그 방법을 찾아내서 성공적으로 줄어든다. 그 후에 그녀는 다시 25센티미터에서

♦ 인용 문헌 Gardner, Martin, ed.《The Annotated Alice》. Lewis Carroll. New York: Bramhall House, 1960. 23쪽.

2미터 75센티미터로 순식간에 커지기도 한다. 어린이에게 크기는 힘과 같은 개념이어서 처음에 그녀는 자신의 크기를 변화시키는 능력에 즐거워하지만, 이내 이것은 혼란스러운 축복이 된다. 지상에서 일반적인 두 가지 양상들, 즉 점차적으로 커지는 것과 예상할 수 있는 크기는 이미 정당성을 상실했고 앨리스가 가졌던 지상의 논리는 더 이상 적용되지 않는다.

혼란스러워지는 상황에서 '가엾은 앨리스'(18쪽)는 지상에서의 존재의 안정성을 찾으려고 한다. 지상에서 그녀의 정체성은 수학과 지리 등에 의하여 구성되어 있었는데 그녀는 이상한 나라에서도 이러한 것들을 암송하여 이전의 정체성을 회복하려고 한다. 그러나 앨리스의 계산은 틀리고, 지리는 혼란스럽고 비논리적이다.

앨리스는 이상한 나라의 의미를 알지 못한다. 수학과 지리를 제대로 기억할 수 없자 그녀는 지상의 다른 의미 체계를 통하여 이전의 정체성을 되찾으려고 시도한다. 앨리스는 아이작 와츠의 관례적이고 교훈적인 시, 〈게으름과 노는 것을 경계한다 Against Idleness and Mischief〉를 패러디하여 〈작은 악어 How doth the Little Crocodile〉를 암송한다.

작은 악어가 반짝이는 꼬리로
나일강물을
황금빛 비늘 위로 흩뿌리네!

쾌활한 웃음을 띠고
발톱을 쭉 펴고
미소가 담긴 입으로 작은 물고기들을 삼키지! (28쪽)

앨리스는 짧은 시를 패러디하여 희극적으로 노래한다. 그 당시에 많은 어린이들이 알고 있었던 와츠의 시는 게으름은 죄스러운 생각을 낳기 때문에 게으름을 피해야 한다는 교훈적인 시이다. 이것을 앨리스가 희극적으로 암송하는 것은 지상의 교훈적인 관례를 공격하는 동시에 적자생존의 다윈주의적 견해를 보여주며, 어린이처럼 동물들은 본래 순진하고 착한 도덕적인 존재라는 관례를 부정하는 것이다. 이것은 앨리스가 이후에 만나는 이상한 나라의 동물들의 모습이기도 하다.

앨리스는 이상한 나라의 절망적인 상황에 오래 머무르지 않고 계속하여 여행한다. 《이상한 나라의 앨리스》 곳곳에서 많은 하등 동물들이 앨리스에게 명령을 하는데 여러 경우에 그녀는 동물들의 명령에 따라 새로운 역할을 받아들인다. 이상한 나라에서 동물들은 더 이상 인간보다 열등한 종이 아니고, 이러한 권력 관계의 변화는 앨리스에게 새로운 정체성을 갖게 한다. 그렇다면 앨리스가 통제할 수 없는 크기 변화를 겪고 토끼의 하인으로서의 역할을 소심하게 받아들인 후에 '내가 뭐가 되려는 걸까?'(52쪽)라는 질문은 방향 감각을 상실한 빅토리아 시대의 혼란에 반응하는 중상류층 소녀의 반응, 또는 그 이상을 보여주고 있다.

언어는 항상 믿을 만하고 진실하다는 진리도 무너진다. 캐럴에게 언어는 결코 현존하는 실제를 단순히 반영하는 중립적이고 투명한 매개체가 아니다. 따라서 언어로 의사소통하는 것이 논리적이고 분명하다는 관례는 이상한 나라에서 공격을 받는다. 앨리스와 여러 동물들이 눈물 웅덩이에서 젖어서 나올 때 언어 질서는 해체되어 언어유희가 된다. 도도새가 몸을 말리기 위하여 코커스 경주를 하자고 제안하자 앨리스는 그것이 무엇인지를 묻는다. 그의 대답은 '직접 해보는 것이 가장 좋은 설명'(41쪽)이라고 한다. 이것은 언어 자체가 모든 것을 설명하기엔 무기력한 것임을 보여줌으로써, 일상 언어는 늘 뜻이 분명하고 독립적이라는 명제를 허물어버린다. 쥐가 자신의 이야기는 '길고 슬픈 이야기tale'라고 할 때 앨리스는 '그런데 왜 꼬리tail가 꼬리를 물어 슬프다고 말하는 거야?'(44쪽)라고 쥐의 말을 잘못 알아듣고 대답한다. 논리적인 의사소통에 대한 가정은 좌절되고 언어에 대한 지상의 가정은 서서히 해체된다.

제5장에서는 지상의 계급 제도 파괴와 사회적 예법과 관련하여 예의 바른 언어에 대한 공격이 강렬하게 진전된다. 앨리스는 퉁명스럽게 명령하는 권위적인 흰 토끼의 무례함을 이미 경험했지만, 그것은 애벌레의 공공연하고 야비한 적대감에 비해서는 예의 바른 것이었다. 애벌레는 앨리스의 언어 습관을 얕보면서 지상의 관례적인 예법이 이상한 나라에

서 무의미하다는 것을 분명히 보여준다.

애벌레와 앨리스의 만남은 다음과 같이 시작된다.

> "넌 누구니?"
> 대화를 시작하기 좋은 질문은 아니었다. 앨리스는 쭈뼛쭈뼛 대답했다.
> "그게, 저도 잘 몰라요. 지금으로서는요. 오늘 아침에 일어났을 때는 제가 누군지 알았는데 그 이후로 여러 번 바뀐 것 같아요." (66쪽)

내레이터는 애벌레의 질문 '넌 누구니?'가 '대화를 시작하기 좋은 질문은 아니었다'라고 한다. 앨리스는 무례하고 위협적인 질문에 '저도 잘 몰라요'라고 불안하게 대답한다. 앨리스는 몸의 크기 변화를 겪으면서 자신의 정체성이 불안해졌고, 자아에 대하여 분명하게 인식할 수 없다. 자아는 개인이 가진 고유의 속성이 아니라 개개인의 존재 외부에 있는 다양한 담론에 부수적인 문화적 구성물이다. 자아에 대한 개념이 외부의 문화적인 힘에서 파생된 구성물에 지나지 않는다면 여기에서 앨리스의 반응은 이 드넓은 세계에서 그녀가 자신을 발견하는 것은 매우 우연하다는 것을 인식해 가는 것이라고 이해할 수 있다.

앨리스가 이상한 나라에서 만나는 동물과 무생물들 대부분은 그녀에게 명령하고 반론을 제기하는데, 이것은 지상의 계급 제도를 전복하는 것이다. 그들은 권위적이고 파괴적인 무례함을 가지고 있을 뿐만 아니라 지상의 사회적 예법의 기준에 따르면 상당히 무례하다. 지상의 기준에 따른다면 앨리스는 손님이기 때문에 정중하게 대접받아야 한다. 그럼에도 앨리스는 이상한 나라의 무질서한 동물들과 등장인물들의 무례함을 참으면서 교양을 옹호한다. 앨리스와 달리 동물들은 자신들의 환경과 행동이 특별히 이상하다고 생각하지 않는다.

이상한 나라의 혼란의 정점은 커다란 접시가 대문에서 날아와 개구리 하인의 머리를 거의 스쳐 지나갈 때 분명해진다.

> 바로 그때 문이 열리고 커다란 접시가 튀어나와 곧장 하인의 머리 쪽으로 날아갔다. 접시는 하인의 코에 상처를 입히고는 뒤쪽 나무에 부딪혀 산산조각이 났다. (중략) 하인은 아무 일도 없었다는 듯 태연하게 말을 이었다. (84쪽)

내레이터에 의하면 소란이 벌어지고 있지만 하인은 '아무 일도 없었다는 듯' 하던 일을 계속한다. 이상한 나라의 동물들이 혼란을 대수롭지 않게 받아들이는 것은 앨리스가 사는 지상의 질서 개념을 보여주는 것으로써 여기에 두 세계의 상관관계가 있다. 지상의 인간들은 임의의 관례를 가지고 같은 방식으로 행동한다. 빅토리아 중기에 보통의 영국인

들은 현대적 관점에서 상식을 벗어난 개념들을 정돈되고 일관된 것으로 받아들여 같은 방식으로 행동했다. 이는 이상한 나라의 동물들이 자신들의 삶과 세계가 무질서와 광기로 가득하다는 것을 모르는 것과 관련된다. 그들 모두는 혼란스럽게 살면서 그렇게 행동한다. 《이상한 나라의 앨리스》는 질서의 상대성을 이렇게 드러내어 우주의 무질서를 보여준다.

광기로 가득한 무질서의 세계

제6장에서 앨리스가 만나는 공작 부인은 아기의 울음소리, 요리사가 던지는 부엌 세간 등, 집 안의 무질서함과 상관없이 아기와 앨리스를 잔인하게 다룬다. 공작 부인은 자신이 부른 자장가처럼 아기를 흔들다가 앨리스에게 던지는데, 앨리스의 손에서 아기는 갑자기 못생긴 돼지 아기로 변한다. 이것은 그 당시에 발표된 다윈 이론을 극적으로 표현한 것이다.

캐럴은 널리 신봉되던 다윈 이론을 단호하지만 희극적으로 공격했다. 빅토리아 중기와 후기의 문학에서 볼 수 있는 것처럼 그는 진보적인 발전을 아주 잔인하게 비웃고 있다.

같은 장에서 앨리스는 체셔 고양이를 만난다. 체셔 고양이는 초연하고 즐거운 관찰자로서 지적인 초연함의 상징이다. 장이 발전할수록 세상의 온전함과 질서에 대한 토대를 더욱 공격한다는 점에서 고양이와 앨리스의 대화는 중요해진다. 그는 앨리스를 둘러싸고 있는 혼란에 대하여 온당하게 설명해주는 이상한 나라의 유일한 동물이다.

> "하지만 난 정신 나간 사람과 어울리고 싶지 않아."
> 앨리스가 항변했다.
> "아, 그건 어쩔 수 없어. 여기 사는 우린 다 미쳤거든. 나도 미쳤고 너도 미쳤어." 고양이가 말했다.
> "내가 미친 걸 네가 어떻게 알아?" 앨리스가 물었다.
> "당연히 너도 그렇겠지." 고양이가 대꾸했다. "그게 아니면 여기 있지 않을 테니까."
> 앨리스는 고양이의 말이 턱도 없다고 생각했지만 계속 물었다. (94쪽)

앨리스와 체셔 고양이가 주고받는 이 대화에 앨리스가 찾고 있는 이상한 나라의 의미가 어렴풋이 드러난다. 체셔 고양이에 의하면 광기로 가득한 이상한 나라로 앨리스를 뛰어들게 한 호기심 역시 광기에서 비롯된 것이다. 고양이가 말하고자 하는 것은 앨리스도 이상한 나라의 동물들만큼이나 미쳤다는 것이다. 그러나 고양이의 폭로로부터 앨리스가 알게 된 것은 없다. 내레이터는 '앨리스는 고양이의 말이 턱도 없다고 생각했다'(94쪽)고 한다. 앨리스는 지상에서 질서를 지키며 사는 사람들에 대한 이상한 나라의 의미를 아직도 인식하지 못한다.

지상의 질서의 근거가 계속하여 전복되는 이상한 나라 여행에서, 이야기의 중심인 제7장은 시간에 초점을 맞추고 있으며 상당히 파괴적이다. 이상한 티타임A Mad Tea Party처럼 이 장의 제목에 포함된 '광기의mad'라는 단어와, '모자 장수처럼 미친mad as Hatter', '3월 토끼처럼 미친mad as March Hare'에서 볼 수 있듯이, '이상한 티타임'의 극도의 광기는 3월 토끼, 미친 모자 장수, 체셔 고양이에게서 나온다. 앨리스는 이상한 티타임의 시작 부분에서 매우 초시간적인 상황을 만난다. 3월 토끼, 미친 모자 장수, 겨울잠쥐가 티 테이블에 둘러앉아서 차를 마시면서 뒤죽박죽의 대화를 하고 있다. 여기서 모자 장수가 갑자기 앨리스에게 '오늘이 며칠이지?'(102쪽)라고 물으면서 자신의 시계를 불안하게 들여다보는 것은 시간에 대하여 어리석은 논의를 여는 것이다. 이 논의 자체는 이상한 티타임에 두루 나타나 있는 초시간성을 강조한다.

모자 장수는 '그를(시간을) 낭비하다, 시간을 죽이다'라고 하여 시간에 대하여 언어유희를 한다. 이처럼 시간에 대한 넌센스한 의인화는 시간이 무한하고, 규칙적이며, 비인간적이고, 자율적인 본질을 가졌다는 지상의 관례를 익살스럽게 전복시킨다.♦ 이상한 나라에서 시간은 무례한 어린이와 같은 것이기 때문에 반항하고 일관되게 행동하지 않으려는 위험이 있다. 이것이 곧 이상한 티타임에서 일어나는 일이다. 모자 장수에 의하면 요즘은 항상 6시이고, 시간은 영원히 티

♦ 인용 문헌: Rackin, Donald, ed.《Alice's Adventures in Wonderland and Through the Looking-Glass: Nonsense, Sense, and Meaning》. New York: Twayne Publishers, 1991. 54쪽

타임 시간에 고정되어 있다. 인간의 가장 중요한 개념 중 하나인 시간은 이상한 나라의 영원한 주제이지만 지상에서 온 앨리스에게만 존재한다. 동물들은 티 테이블 주변을 빙빙 돌면서 공간을 바꾸어서 이상한 나라의 초시간성을 보충하려고 한다. 그러나 앨리스가 토끼 굴 아래로 떨어질 때부터 공간 개념이 이미 파괴되었다.《이상한 나라의 앨리스》는 이야기의 가장 중심 부분에서 지상의 질서의 근거인 시간과 공간 개념을 완전히 전복하여 평범한 인간의 경험에 놓여 있는 가장 중요한 개념을 비웃고 있다.

이상한 티타임 바로 다음, 제8장에서 앨리스는 살아 있는 카드 등장인물들을 만난다. 캐럴은 이 카드들을 앨리스와 대화하도록 하여 인간으로 보이도록 한다. 이것은 동물과 인간의 중요한 차이점이 언어라는 지상의 개념을 공격하는 것이다. 이 카드 등장인물들과 이상한 나라의 동물들의 공통점은 불합리하고 무질서하다는 것이다. 인간이 된 이 카드 등장인물들은 지상의 생물들 즉 고슴도치, 홍학 등 살아 있는 동물들을 크로케 공과 타구봉 등 무생물처럼 다룬다. 이처럼 생물과 무생물의 세계가 분명하게 나뉘어져 있다는 지상의 전제는 희극적으로 전복된다.

앨리스는 하트의 여왕을 만나는데, 그녀는 앨리스가 지금까지 만났던 이상한 나라의 등장인물들 가운데 가장 제멋대로이다. 하트의 여왕이 앨리스에게 '네 이름이 무엇이니, 꼬마 아가씨?'라고 무례하게 질문하자, 앨리스는 정중하게 대답한다. 이 시점에서 앨리스는 '그저 카드일 뿐인걸 뭐. 절대 두려워할 필요가 없어!'(117쪽)라고 중얼거린다. 앨리스가 반항하는 데는 여러 가지 이유가 있다. 그녀는 끝도 없이 토끼 굴 아래로 떨어졌고, 그녀가 가졌던 지상의 가치는 완전히 와해되었다. 학교에서 배운 지리는 의미가 없고, 계산은 틀리고, 그녀가 알고 있던 시는 이상하게 암송되었다. 시간은 영원히 티타임 시간에 고정되어 있어서 신뢰할 수 없으며 공간에 대한 개념도 파괴되었다. 그리고 무엇보다도 그녀는 속아왔다. 앨리스가 처음부터 영적인 목표로 삼았던 것은 아름다운 정원이었다. 그러나 이곳의 주인은 하트의 왕과 여왕들로 지극히 중요하고 위풍당당하게 이상한 나라의 중심에 대문자로 인쇄되어 있다. 아름다운 정원의 문장인 붉은 장미는 원래는 흰색이었지만 붉은색 물감으로 칠해진 것으로써 이상한 나라가 거짓임을 보여주기에 적절하다. 그곳은 또한 규칙이 없는 이상한 경기를 하던 거칠고 위험한 동물들이 있던 크로케 경기장이다.

따라서 앨리스의 여행은 오래되고, 지루하고, 기계적으로 되풀이 되는 교훈의 세계와 설명할 수 없는 성인의 규칙을 가진 지상을 벗어난 낙원과 같은 곳을 여행하는 것이 아니라, 성난 여왕이 지배하는 광기의 무질서한 곳, 어둠 속으로 가는 것이다. 그리고 무엇보다도 앨리스는 이상한 나라에 내재하던 마지막 시험인 자신의 파멸을 느낀다. 앨리스는 최후의 파멸로부터 자신을 지키기 위하여 반항하기 시작한다. 그녀는 힘을 행사할 수 있는 자신의 잠재력을 아직 알지 못하지만 이상한 나라의 전복성과 싸우기 시작한다.

이상한 나라의 의미와 질서 탐색의 결론

아름다운 정원이 이상한 나라에서 질서 탐색이 무의미하다는 것을 보여준다면, 마지막 두 장은 그 이상의 의미를 가지면서 이상한 나라를 요약한다. 제11장은 질서의 토대인 법정 장면인데, 이야기가 진행됨에 따라 앨리스가 만났던 등장인물들이 여기에 모여 있음을 알 수 있다. 그러므로 재판은 이상한 나라의 의미를 공공연히 드러내는 것이고 앨리스의 질서 탐색에 대한 결론이라고 할 수 있다. 이 마지막 재판에서 앨리스는 비타협적인 혼란을 무섭게 인식하면서 오로지 자기 자신을 구하려고 한다.

재판은 본연의 모습이 드러난다. 재판이 일어나는 이상한 나라에 질서와 의미가 없기 때문에 재판 자체는 무의미한 절차이고 규칙과 승자가 없는 또 하나의 무의미한 게임이다. 앨리스가 광기의 법정에 나타날 때 그녀의 반란은 필연적이었을 것이다. 재판이 시작될 때, 앨리스는 이상한 나라의 혼란을 지상의 시각으로 보려고 고집한다. 지상의 실제 재판과 이상한 나라에서 부당한 재판은 외견상 아주 유사한데 앨리스가 이상한 나라의 법정에 있는 사람이나 사물의 이름을 알고 있어서 위안을 받는다는 것에서 풍자임이 드러난다. 앨리스가 재판을 세상의 방법으로 접근하는 훨씬 더 중요한 결과는 지상의 재판처럼 이상한 나라의 재판 역시 모든 중요한 원칙을 무시하거나 전복하여, 사건 자체는 간과되고 텅 빈 형식만이 남게 되는 것이다.

《이상한 나라의 앨리스》의 마지막 장에서 앨리스는 자신의 악몽을 마무리하는 증언을 한다. 이제 앨리스는 키가 상당히 커져서 금방이라도 반항하고 재판을 끝낼 수도 있지만, 증언을 하면서 이상한 나라의 광기에 가담한다. 마지막 장면에서 앨리스는 이상한 나라에 대한 최후의 단언을 할 수 있는 중요한 증거를 얻는다.

> "이건 아주 중요한 말이다."
> 왕이 배심원들에게 말했다. (중략) "당연히 내 말은 중요하지 않다는 뜻이지." 왕이 재빨리 이렇게 말하고는 낮게 중얼거렸다. (중략)
> 배심원 중 누구는 '중요하다'고 적었고 누구는 '중요하지 않다'고 적었다. 앨리스는 가까이에서 그들의 석판을 내려다볼 수 있었다.
> '이렇든 저렇든 아무 상관없는데.' 앨리스는 생각했다.
> (175~176쪽)

한 가지 사안에 대하여 판사와 배심원들은 횡설수설한다. 앨리스는 배심원의 어깨 너머로 그들이 적고 있는 것이 말도 안 되는 소리임을 깨닫고 '아무 상관없는데'라고 중얼거린다. 이상한 나라가 앨리스와 지상의 원칙을 향하고 있듯이, 그녀도 이상한 나라를 향하여 전복적이 되어가는 것이다. 앨리스의 전복적인 행동은 그녀가 왕에게 용감하게 대항할 때 나타난다. 왕이 '가장 중요한 증거'라고 하는 것에 앨리스는 '아무 뜻도 없다'고 해서 왕, 즉 이상한 나라에 대항한다. 마지막으로 여왕이 '처형을 먼저 하고 판결은 나중에'라고 할 때, 앨리스는 '무슨 말도 안 되는 소리를!'이라고 크게 말한다. 앨리스는 조용히 하라는 여왕의 요구에 '싫어요'라고 능동적으로 반항한다.

앨리스의 전복적인 행동은 여왕의 크로케 경기장에서 이미 시작되었다. 여기서 앨리스는 외견상 예의 바르지만 이들은 '그저 카드일 뿐인걸 뭐. 절대 두려워할 필요가 없어!'라고 속으로 중얼거리고 있다. 앨리스는 이미 '혼자 중얼거리기' 시작하여 마지막 말을 '큰 소리로' 하면서 조용히 있기를 단호히 거부한다. 또한 마지막 부분에서 그녀는 아주 솔직해져서 '당신은 그냥 종이 카드에 불과해요!'라고 크게 말한다. 이 말은 하트의 여왕이 '저 애의 목을 베'라고 외치는 소리보다 더욱 파괴적이다. 왜냐하면 앨리스의 이 말이 이상한 나라 전체를 파괴하기 때문이다. 앨리스는 이상한 나라의 가장 중심에 있는 법정을 지배하는 하트의 왕과 여왕, 그리고 등장인물들에게 지배의 중요한 수단이며 파괴적인 무기인 언어를 사용하여 대항한다. 앨리스는 모든 이상한 나라를 카드 묶음에 불과하다고 외쳐서 자신의 악몽 같은 여행을 끝내고 스스로 온전함과 정체성을 지킨다.

참 근사한 꿈을 꾸었다

《이상한 나라의 앨리스》는 전통적인 회귀적 구성이 사용되어서 앨리스는 빙 돌아 제자리로 돌아온다. 앨리스는 광기의 호기심 때문에 이상한 나라를 여행하였다. 이상한 나라는 언어적 관례, 사회적 예법, 계급 제도, 시간과 공간 등 규칙과 질서에 대한 질서 체계 등을 언급하지만, 무질서로 일관하는 이상한 나라에서 이러한 것들에 일관적이고 논리적으로 접근할 수는 없다. 앨리스가 처음부터 들어가고 싶어 했던 아름다운 정원은 이상한 나라의 바로 중심에 위치하여 이상한 나라의 의미를 보여준다. 아름다운 정원의 주인은 하트의 왕과 여왕이고, 무의미한 법정이 이곳을 상징하듯이 이곳을 지배하는 것은 무질서와 광기이다. 따라서 앨리스의 이상한 나라 여행은 성난 여왕이 지배하는 광기의 무질서한 곳, 결국은 그녀 자신의 정체성마저 위협받는 곳으로 가는 것이다. 여행하는 동안 앨리스는 지상의 모든 사람들을 대표하여 그에 걸맞게 행동하지만, 그녀의 질서 탐색은 실패하여 아무것도 얻지 못한다. 앨리스는 주위의 혼란 속에서 질서를 발견하지 못하자, 자신의 정체성을 보존하려는 본능적인 충동을 가지고 영웅적으로 행동한다. 그리고 앨리스는 그런대로 살 만한 지상으로 돌아온다.

《이상한 나라의 앨리스》는 표면상 일상적인 경험에 충실

하지 않다. 앨리스와 캐럴에게 이상한 나라의 혼란을 실제의 혼란이라고 하는 것은 너무나 끔찍하고 음울할 것이다. 그래서 앨리스는 마지막으로 '근사한 꿈을 꾸었다'(184쪽)고 한다. 그녀가 '근사한'이라는 단어를 선택하는 사실이 이 이야기는 풍자임을 보여준다. 무질서하고, 무섭고, 때로는 재미있는 이상한 나라의 등장인물들과 그들의 세계는 결국 카드게임이 아니다. 말하자면 그들은 리얼리티보다도 더 사실적이다.

토끼를 따라 내려 간 '지하 세계'를 자극적이지 않은 제목 '이상한 나라'로 바꾸고, 이야기를 들려주었던 실제의 쌀쌀하고 비가 온 날을 황금빛 햇살이 눈부신 오후로 바꾸어서 《이상한 나라의 앨리스》의 기억에 따뜻한 색을 입히듯이 캐럴은 앨리스로 하여금 방금 깬 악몽을 아름다운 꿈으로 기억하도록 하여 이 이야기에 희극적인 풍자 효과를 더한다. 캐럴의 위대한 점은 '끔찍한 혼란'이라고 할 수 있는 깨어있는 세상의 진실한 경험을 환상적인 이야기로 조심스럽게 바꾸어서 동시대의 삶을 비평한 것이고, 이로 인하여 이 작품은 영문학의 고전으로 재평가 받게 되었다.

루이스 캐럴 글

영국의 동화 작가, 본명은 찰스 루트위지 도지슨(Charles Lutwidge Dodgson, 1832~1898년). 옥스퍼드 대학의 수학 교수로 재직했으며 사진에도 관심이 많았다. 《이상한 나라의 앨리스》, 《거울 나라의 앨리스》 속 주인공은 옥스포드의 크라이스트 처치 대학 학장의 딸인 '앨리스 리델'에게서 영감을 받아 탄생했다. 〈앨리스〉 시리즈는 상상력이 풍부한 스토리텔링으로 당대의 언어와 문화를 풍자하여, 이후 수많은 해석과 각색을 통해 다양한 작품에 영향을 끼친 고전이다.

존 테니얼 그림

영국의 삽화가(John Tenniel, 1820~1914년). 19세기 중반부터 약 50년간 풍자 만화 잡지 〈펀치〉에서 만화가로 활동했으며, 《이상한 나라의 앨리스》, 《거울나라 앨리스》의 삽화가로 유명하다. 앨리스 시리즈의 환상의 세계를 실감 나게 재현했다는 평과 함께 아동문학에서 가장 뛰어난 삽화가라는 명성을 얻었다.

공민희 옮김

부산외국어대학교를 졸업하고 영국 노팅엄 트렌트 대학교 석사 과정에서 미술관과 박물관, 문화유산 관리를 공부했다. 번역 에이전시 엔터스코리아에서 번역가로 활동 중이다.

양윤정 해설

《루이스 캐롤의 『앨리스』 연구-문학동화의 특성을 중심으로》라는 논문으로 숙명여자대학교에서 영문학 박사 학위를 받았다. 현재 건국대학교 글로컬캠퍼스 교수로 재직 중이다.

이상한 나라의 앨리스 초판본 리커버 고급 벨벳 양장본

1판 1쇄 펴냄 2020년 8월 25일

지은이 루이스 캐럴
그린이 존 테니얼
옮긴이 공민희
해설 양윤정
펴낸이 하진석
펴낸곳 코너스톤
주소 서울시 마포구 독막로3길 51
전화 02-518-3919
ISBN 979-11-90669-18-4 03840